LUZ
DE HIELO

Oscura Forastera

Dedico esta novela con todo mi cariño a mi hija Scherezade, por retarme a escribirla

AGRADECIMIENTOS

Quiero dar las gracias a SHARED PEN y mi editora Rosy Hugener, por editar mi novela y por su confianza depositada en mi trabajo como escritora.

Doy las gracias a mis queridas hijas e hijo y a mi esposo, a mis padres, a mis amigos Ignacio F. Candela, Carmen Pascual, por su apoyo incondicional y por ser tan maravillosos.

Doy las gracias a mis amigos de FACEBOOK, en especial a mis queridas SASSENACHS, por su continuo apoyo y amistad incondicional, ¡Je suis prest!

Y por último dar las gracias a VIKIE AISSWORT, mi ilustradora, gracias por dar vida a mis personajes ilustrando a Luz de Hielo, gracias por dedicar tu arte a mis novelas y por estar siempre ahí, con todo mi cariño sister.

Gracias a todos los lectores por leer mis pensamientos escritos.

Y gracias a ti, AMOR, que haces posible mi inspiración.

OSCURA FORASTERA.

PRÓLOGO

ISLA DE GEA.

20 de Diciembre del año 1364 D.C

Arreciaba una fuerte tormenta de nieve, el mar estaba embravecido, como si presintiera lo que iba a ocurrir.

En lo alto de una montaña en Gea, luchaban tres hombres, uno por conservar la vida y los otros dos por quitársela. Y así, salvar la de mucha más gente inocente.

El Rey de Gea, Almhar y, el Rey Yerhan de Ghaoland, luchaban a muerte contra el druida Frhagman, éste había adquirido poderes oscuros. Destruyendo con su poder a las gentes de Gea y Ghaoland. Produciendo grandes epidemias y enfermedades extrañas a todo el que no se sometía a sus órdenes.

Solo había una manera de vencerle. Cortándole la cabeza. Muchos lo intentaron, pero murieron en su empeño.

Yamiem, esposa de Almhar, tuvo un sueño revelador. Solo si luchaban juntos dos reyes, que viviesen en paz en sus tierras, reyes que querían a sus gentes podrían vencerle.

Frhagman era muy fuerte, pero las espadas, bendecidas por otros druidas, acabarían con él.

Almhar y Yerhan rodeaban al druida. Sabían que la lucha iba a ser larga y dura. Pues Frhagman utilizada sus artes oscuras para confundirles. Días antes de la lucha sabiendo que le encontrarían, preparó varías pócimas que ingirió. Dándole el poder y la fuerza necesaría para enfrentarse a los dos reyes. Apareciendo y desvaneciéndose cuando era atacado. Haciéndoles ver que luchaban contra seres monstruosos. Almhar y Yerhan tan sólo tenían que herirle y su fuerza iría disminuyendo.

Tras largas horas de lucha, Almhar alcanzó al druida con su espada asestándole un corte en el brazo izquierdo. Yerhan, agotado, aprovechando la sorpresa del druída al ser herido clavó su espada en el pecho de éste. Mientras, Almhar trazaba tres círculos en el suelo con el filo de su espada, dando el último giro por encima de su cabeza. Reuniendo así, la fuerza necesaria que le daría la lucha de Gea. Asestando la última estocada, cortando la cabeza del druida y acabando con él.

Después enterraron el cuerpo en una cueva escoltada por grandes monolitos de piedra, protegidas y veneradas por los druídas en lo alto de la isla de Gea. La cabeza la quemaron, como les aconsejaron los sabios y viejos druídas. A lo lejos, esto fue presenciado por unos ojos, que juraron vengar a Frhagman.

Se restableció la paz y la tranquilidad en ambos reinos.

CAPÍTULO 1

Almhar y Yerhan eran grandes amigos; cenaban juntos el día 30 de diciembre, cuando Yamiem se puso de parto. Su madre Albora y la partera del lugar asistieron a Yamiem. El parto fue muy largo y duro. Por fin, el día 1 de enero de 1365, nacía YEM- KHAY- ALF. (LUZ DE HIELO).

Yamiem, perdió mucha sangre en el parto, acabando su vida en los brazos de Almhar. Su princesa había dado la vida a cambio de que naciera su hija.

Dos semanas después de lo acontecido, Albora murió sola en su casa de Ghaoland. Almhar pensó que era ya demasiado vieja y no aguantó el frío del invierno esto junto con la muerte de su única hija, Yamiem, la cual le ocasionó una gran pena que la debilitó.

Después de todo lo ocurrido, Yem se criaría sin la compañía de una mujer a su lado, tan sólo Almhar era ahora el responsable de su hija.

Un mes después, Almhar y Yerhan, prometían en matrimonio a Yem con el príncipe Mijaíl de Ghaoland.

Mijaíl se acercó a la cuna y miró a su futura esposa, sus ojos verdes se quedaron clavados en los azules de Yem, ésta parecía mirarle con desafío.

—Padre, no la quiero por esposa. —Se quejó el príncipe.

—Claro que la querrás hijo, ahora es solo un una niña, pero crecerá. ——rio—, se convertirá en una hermosa joven como lo fue su madre.

Mijaíl volvió a mirar a su prometida, pero esta vez la niña dormía. Se sorprendió cuando su padre la cogió en sus brazos y sin más la puso en los suyos.

—Ve acostumbrándote, tendrás que cuidar de ella y respetarla, aún eres un niño, —rio de nuevo Yerhan—, es una princesa y como tal debes tratarla.

—¡Padre! —Exclamó Mijaíl dejando a Yem de nuevo en los brazos de su padre—, se ha orinado encima de mí.

Almhar y Yerhan reían a carcajadas viendo la cara de asco que tenía en esos momentos Mijaíl.

Éste había considerado una ofensa aquello, a sus siete años se creía casi un hombre. Estar comprometido con un bebe era patético, al menos para él.

En los años que siguieron, Mijaíl fue obligado a asistir a los cumpleaños de Yem a parte de las visitas que su padre hacía a su amigo Almhar por amistad. Éstas se prolongaban hasta una semana, lo cual era un suplicio y un verdadero sacrificio para Mijaíl.

Yem era una niña traviesa, inteligente y fuerte. Siempre se las apañaba para molestarle, aunque algunas veces tan sólo quería jugar con él.

Mijaíl siempre quedaba encargado de cuidarla cada vez que iban a Gea, aunque este tan solo se dedicaba a mirar lo que hacía, sin prestar mucha atención a sus actos. Con cinco años Yem le observaba, siempre le veía pensativo y enfadado, Mijaíl se pasaba el rato suplicando que transcurriera el tiempo rápido y así deshacerse de esa mocosa que no dejaba de incordiarle con sus niñerías.

—Y pensar que tengo que casarme contigo… —Comentaba el príncipe, viendo como Luz de hielo cogía un pequeño palo y le amenazaba como si sostuviese una espada—, trae eso, no vayas hacerte daño y me culpen por ello. —Diciendo esto, lanzó el palo lejos, haciendo enfadar a la princesa que le miraba con recelo aguantándose las lágrimas.

En el décimo cumpleaños de Yem, cuando él y su padre entraban en el castillo de Almhar, vieron a varios soldados reunidos en un gran círculo. Yerhan y Mijaíl bajaron de sus monturas y se acercaron al tumulto. Algunos soldados les saludaron y se hicieron a un lado para dejarles pasar, ambos se quedaron sorprendidos. En el centro del círculo, luchaban con espadas Yem y su padre. A Mijaíl le costó reconocer a la princesa, pues parecía un muchacho ya que vestía como tal.

Padre e hija luchaban como enemigos. Era impresionante ver a Yem, que apenas podía levantar su espada, como se defendía ante las estocadas de su padre.

Mientras luchaban Almhar le dijo en alto.

—Gea, Yem. —Habló determinante.

—¿Ahora padre? —Preguntó ella.

—Sí. —Se quedó parado en posición de ataque.

Yem cogió la empuñadura de su espada con las dos manos, cerró los ojos, apoyó la punta de ésta en el suelo de piedra y marcó tres círculos rápidamente. No había terminado el tercero cuando su padre le atacaba como si se tratara de su enemigo. Pero Yem, que aún tenía los ojos cerrados, levantó la espada del suelo, la paso por encima de su cabeza haciendo un giro de muñecas y bajándola mientras daba un giro entero a su alrededor. Todo esto sucedía muy rápido, pues en un momento la espada de Almhar caía al suelo partida en dos, dejándole así desalmado y con la espada de Yem amenazando su pecho. Ésta le miraba sorprendida.

—Muy bien hija, —decía Almhar separando la espada de su pecho—. ¿Estás bien? —Preguntó, pues notó que su hija temblaba.

—Sí, gracias padre. —Respondió asintiendo con la cabeza y mirando a los recien llegados.

—Almhar, buen amigo, —saludó Yerhan acercándose a ellos—, nunca pensé ver como eras vencido por una joven. —Rio abrazando a su amigo.

—Bienvenidos, habéis disfrutado por lo que veo, —reía también—, Yem es muy buena con la espada. —Señaló mirando a ésta con orgullo.

—La estas educando como a un chiquillo. —Comentaba Yerhan mirando a Yem—, felicidades princesa.

—Gracias señor. —Respondió algo tímida al ver como se acercaba Mijaíl.

—Felicidades. —Habló éste bastante serio y le soltó en las manos un pequeño ramo de florecillas.

Yem asintió con la cabeza y les dio la bienvenida. Mijaíl miró las espadas, no tenían redondeadas las puntas y parecían bien afiladas.

—Almhar, me gustaría aprender esa manera de luchar. —Dijo mirando aún a Yem.

—La lucha de Gea me fue enseñada por mí padre, a éste le enseñó el suyo y así sucesivamente. Yo se la enseñé a mi esposa unos días antes del matrimonio y ahora a mi primogénito, —miró a Yem—, ella te la enseñará a ti y tú a vuestros hijos.

—Entonces aún me queda esperar mucho tiempo. —Se quejó Mijaíl ignorando la mirada de Yem.

Ésta le observaba desafiante, con la espada aún en sus manos, dispuesta en un momento dado a enseñarle algunos modales, pues podía ver en sus ojos que se burlaba de ella.

—Joven príncipe, tan solo unos cuantos años más, —miró de nuevo a Yem—, hija te puedes retirar si lo deseas a tus aposentos.

Yem asintió y ofreció la espada a su padre, cogiéndola con las manos una cerca de la empuñadura de la hoja y la otra cerca de la punta de ésta. Almhar cogió la espada y asintió con una sonrisa. Después Yem desapareció en el interior del castillo.

Despues de cumplir los doce años, Yem pasó varias semanas en Ghaoland, pues Almhar debía adiestrar a sus soldados en la lucha y esto le ocasionaba ausentarse algún tiempo de Gea.

En Ghaoland, Luz de hielo, era protegida, asistida por dos doncellas las cuales siempre cuchicheaban acerca del príncipe, riéndose entre ellas. Yem no sabía el porqué de ese comportamiento, sobre todo cuando se cruzaban con Mijaíl por los pasillos o en el salón, ellas bajan la mirada y después sonreían tontamente, la princesa empezó a comprender al ver salir de los aposentos de Mijaíl a altas horas de la madrugada, a una de sus doncellas, medio vestida y con el pelo revuelto.

Dos años después, Almhar conoció a una joven en la aldea. Se llamaba Helora, su bonito rostro, el pelo largo y pelirrojo. Su cuerpo de curvas insinuantes, tan sensual que pocos hombres lo despreciarían. Almhar se quedó prendado de su belleza y empezó a frecuentar su casa.

Ella era huérfana y vivía en una pequeña choza a las afueras de la aldea. No era querida entre los habitantes de Gea, ya que la consideraban bruja. Y no solo por su aspecto llamativo, sino por algunas maldiciones, que según los aldeanos había echado a ciertas mujeres que le habían mirado mal, llegando estas a surtir su efecto.

Almhar no era creyente de esas supersticiones y la hizo su prometida.

Las gentes de la aldea estaban seguras de que Helora lo había embrujado de alguna manera.

Almhar dio la noticia del compromiso a su hija. Ésta sabía lo que las gentes de Gea hablaban y temió por su padre, ya que siempre olía peligro en aquella mujer cada vez que éste la llevaba de visita al castillo.

Yem tan solo cruzaba miradas con ella, en sus ojos podía ver maldad y desafío.

La princesa se había convertido en una joven bonita, de largos cabellos ondulados, de color caoba oscuro y tez clara, sus ojos azules como el mar, labios sensuales y todo ello acompañado de un bonito cuerpo. Los aldeanos se volvían cuando ella pasaba. Algunos, los más ancianos, al verla recordaban a su madre, Yamien.

Yem siempre vestía como una guerrera, le gustaba montar a caballo y pasar largas horas en el campo adiestrándose con la espada. Sin dejar de lado claro está, la educación de una futura reina de Gea. Su padre se encargó de la espada, de mostrarle como aplicar justicia y la administración de un castillo. Sus tutores de educarla intelectualmente, así como de enseñarle a ser una mujer en todos los sentidos.

Esto generaba algunos celos, sobre todo a su futura madrastra, Helora.

Su padre se casó cuando ella apenas tenía catorce años. Y como era su esposa Almhar enseño la lucha de Gea a Helora. Ésta demostraba tener arte con la espada, pero no alcanzaba la ligereza y la rapidez de Yem.

Poco tiempo después, la princesa fue obligada por su madrastra a vestir como una mujer. Le exigía más bordados y menos espada, todo esto ocurría con el beneplácito de su padre, creyendo que era lo mejor para su hija.

Llegó su quince cumpleaños. Helora se empeñó en festejarlo, claro está, asistieron Yerhan y Mijaíl. Yem estaba enfadada, no quería fiestas. Ignorando las órdenes de su padre y de Helora, algo furiosa por haberla hecho vestirse de princesita, montó en su caballo y salió a cabalgar un rato para calmar sus nervios.

Cuando llegó de nuevo al castillo y entró a los establos, mandó al chico que limpiaba estos comunicar a su padre que ya estaba de vuelta.

Mientras limpiaba y secaba a su caballo, se dio cuenta de que era observada, pero al no sentir amenaza continuó con lo que hacía.

Era Mijaíl quien la observaba. Yem se había recogido las faldas del vestido dejando ver parte de sus piernas. El pelo caía por su espalda sujeto en una trenza, al trote del caballo algunos mechones se habían soltado enmarcando su cara.

Hacía más de dos años que no se veían, pues su padre le mandaba constantemente de viaje con su ejército para mantener a raya a sus enemigos. Mijaíl se apoyó en la puerta del establo, ésta chirrió haciendo que Yem mirara hacia él, dando así con el codo en el flanco del caballo y asustando a éste, el caballo se movió nervioso y tiró a Yem al suelo, justo encima de la paja que estaba algo húmeda.

—¿Estas bien? —Preguntó Mijaíl levantando del suelo a Yem y sacudiéndole la paja que se había pegado a su ropa.

—Sí, gracias. —Respondió y se quedó mirándole.

Mijaíl había cambiado bastante desde que le vio la última vez. Mucho más alto y musculoso, llevaba el pelo más largo. Miró sus ojos verdes, sonrió al reconocer que era muy guapo y que había echado de menos su presencia en el castillo, aunque fuese solo una o dos veces al año y se los pasara quejándose.

Mijaíl no dejaba de mirarla, sus ojos recorrían su rostro de niña. Paseó su mirada por su cuerpo. Dándose cuenta de que la niña era ya casi una mujer. Sus ojos se posaron durante unos momentos en su pecho. Sonrío a medias <<Después de todo esta niña me va a gustar>> Pensó mientras volvía a mirar sus ojos azúles.

—¿Cuándo has vuelto? —Preguntó Yem desviando la mirada.

—Ayer. Mi padre mandó a buscarme hace una semana para que llegara a tiempo. —Respondió serio.

—¿A tiempo de qué? —Quiso saber.

—De tu cumpleaños, —posó las manos en la cintura de Yem atrayéndola hacia él—, felicidades, Luz de hilo.

Yem vio en sus ojos la intención de besarla y cuando éste lo hizo, ella accedió al beso. Mijaíl al ver que no ponía ninguna objeción tomó posesión de su boca, siendo un poco brusco en su empeño. Pero un minuto después, los besos eran más suaves, besos de amor.

En un momento estaban tumbados en el heno, besándose y acariciándose como si lo necesitaran para vivir.

—Yem, princesa… —Decía él mientras la besaba por el cuello y acariciaba su pecho—, voy hacerte mía.

—Te quiero Mijail. —Confesó apretándose contra él.

Al oír aquellas palabras él se levantó de encima suyo, excitado y algo sofocado tendió la mano hacia Yem. Ésta la cogió algo temblorosa y confundida por la reacción de él.

—Eres una princesa, no deberías dejarte convencer por sólo unos besos, eso lo hacen las mujeres fáciles, por las que se pagan sus favores. Por mí parte ya ésta olvidado, ahora ve a cambiarte para recibirme como es debido. —Soltó la mano de la sorprendida joven y salió de los establos.

Yem escapó a sus aposentos. Sabía que Mijaíl estaría dispuesto a humillarla más aún y no estaba dispuesta a darle ese placer, ya se había puesto en evidencia confesando sus sentimientos. No salió de su habitación hasta que él y su padre abandonaron el castillo.

Unos meses después Almhar empezó a enfermar, los sanadores no sabían que clase de mal era el que aquejaba a su rey. Éste se debilitaba cada día más.

Así, llegó el día uno de enero. Yem cumplía dieciséis años, Almhar había ordenado al herrero de la aldea forjar una espada especial para Yem.

La princesa, estaba segura de que la culpa de la enfermedad que aquejaba a su padre se debía a alguna clase de veneno. Las gentes de Gea lo comentaban, Yem llegó a escuchar algunos comentarios a los criados del castillo. Todos decían que Helora era una bruja, que sólo sabía hacer el mal.

Esa mañana Yem entró en los aposentos de su padre para darle los buenos días, lo hacía todas las mañanas desde que enfermó.

—Buenos días padre ¿Cómo te sientes hoy? —Besó a su padre en la frente.

—Estoy algo mejor, hoy me siento más fuerte, —sonrió—, felicidades mí niña.

—Gracias padre. —Le abrazó con fuerza.

—Yem, coge ese paquete alargado que hay encima de la silla, —pidió a su hija—, es tu regalo de cumpleaños.

— ¿Has salido del castillo? —Preguntó desenvolviendo la espada.

—No, lo han traído esta mañana. —Sonrió al ver el rostro de su hija.

—¡Padre! ¡Es muy hermosa! —Exclamaba Yem acercándose a la cama con la espada en la mano—, gracias ¡Oh! Es igual a la tuya. —Abrazó y beso a su padre.

—Me alegra que te guste, ya eres una mujer Yem, mí princesa. —Apretó a su hija contra él emocionado.

—Deseo que te recuperes pronto para entrenar de nuevo contigo. —Le dijo entusiasmada.

—Yo también, ahora ve y pruébala, sé que estas loca por ver su ligereza.

Yem salió de la habitación, para no molestar a su padre se había puesto un vestido, pero subió a sus aposentos y se vistió como a ella le gustaba. Pantalones ajustados de cuero, se puso el corpiño de piel vuelta y muy suave de su madre, sus bróker en los brazos, las muñequeras de cuero, las botas altas de piel vuelta como el corpiño. El cinturón ancho en las caderas del cual colgaba ahora su espada. Dejó su pelo suelto y fue directa a por su nervioso caballo.

Cabalgó hasta la montaña más alta de Gea. Dejó atado el caballo a la rama de un árbol que estaba cerca de los monolitos y de la cueva donde Almhar y Yerhan acabaron con Frhagman, algo que ignoraba Yem.

Acarició el ocico del corcel y ando unos cuantos metros hasta la cima. Allí, encontraba la paz cuando estaba en guerra con ella misma o con su madrastra. En aquel lugar podía sentir la naturaleza como parte de ella, llenando sus pulmones con el olor del mar y la hierba fresca, el olor de su tierra, de Gea.

Se acercó hasta el risco donde la roca se alargaba formando un saliente de varios metros de largo. Éste queda fuera de la montaña. Anduvo hasta el final y miró hacia abajo. Podía ver toda la isla y todo el mar. En ese lugar se unían el océano y el cielo, quedando tan sólo entre ellos esa línea azulada que marca el límite entre los dos elementos.

El aire de enero era helado, Yem no sentía frío, estaba acostumbrada. Las nubes se abrieron dejando que un tímido rayo de Sol calentara el cuerpo de Yem, la cual lo recibía con los brazos abiertos y los ojos cerrados.

—Bendita seas Gea. —Susurró levantando su espada como si fuese una cruz y resplandeciendo ésta con la luz solar.

En esos momentos Mijaíl llegaba cerca del risco. Se quedó mirándola.

—Yem, ten cuidado muchacha. —Le oyó decir con precaución.

—Sed bienvenido príncipe Mijaíl. —Saludó con voz tranquila.

—Aléjate de ahí. —Le pidió.

Yem se volvió con la espada en la mano y ando tranquilamente hacia él. El aire le daba en la espalda azotando su largo cabello.

—¿Cómo sabías que estaba aquí? —Preguntó cerca de él.

—Hemos llegado hace una hora y como no te encontraban en el castillo, tu padre me mando a buscarte aquí. —Respondió.

—Me temo que tendré que compartir el secreto contigo, —sonrió—, este lugar sólo lo conoce mí padre y ahora tu.

—Prometo guardar el secreto. —Habló con tono burlón.

—Gracias, volvamos. —Le dijo.

—Espera, ¿me dejas ver la espada? —Pidió.

—Claro, es el regalo de mí padre. —Yem le ofreció la espada como lo hacía con su padre.

Mijaíl miró la hoja y la cogió por tal y como se la daba Yem. La espada era ligera y dura, brillante, tan pulida que parecía un espejo, afilada a la perfección. La empuñadura en forma de T. Y labrado en oro y plata el escudo de Gea, éste representaba los cuatro elementos, Tierra, Agua, Aire, y Fuego. Después de sopesarla se la entregó de nuevo a su dueña.

—Preciosa, cuídala es una pieza única. —Le dijo cogiendo un largo mechón de su pelo.

—Sí, es muy bonita, —comentó mientras envainaba la espada sin dejar de mirarle a los ojos, viendo en ellos que iba a besarla—, Mijaíl, ni lo pienses.

—¿Sabes lo que estoy pensando? —Rio.

—No, pero tus ojos cofiesan tus intenciones, —se acercó más él—, y me temo que volverás a decirme que soy fácil de convencer por unos cuantos besos.

—¿Rencorosa?

—No, precavida. No quiero que vuelvas a insultarme, aún no tienes ese derecho. —Le recordó.

—Está bien, como tu desees, no te besaré. —Añadió serio.

—Mijaíl, nunca he dicho que no lo deseara, —sonrió—, estamos prometidos, un beso sería algo lógico, si para ti fuera normal y no una manera de ponerme a prueba.

—Yem, seamos claros, ni yo te quiero ni tu me quieres, nos atrae el atractivo, nada más. Ahora dejemos el tema. Me gustaría que me enseñaras la lucha de Gea. —Su tono era determinante.

—¡Ahora! —Exclamó— ¿Aquí?

<<No te quiero>> Esas palabras resonaban en su mente y dañaban su corazón.

—Sí, creo que ya ha pasado un tiempo razonable, al fin y alcabo, soy tu prometido. Además es temprano llegaremos a tiempo de la comida. —Dijo seguro de sí mismo.

—¿Crees que estás preparado? —Inquirió Yem.

—Pues claro, dime, ¿cuándo empezamos? —Sonrió.

Yem dio un paso hacia atrás y desenvainó su espada. Mijaíl imitó su gesto, miró su espada y después a Yem. La espada de él era casi tan alta como la princesa, tendría que tener cuidado de no hacerle daño.

Yem puso su espada en el suelo de piedra y se sentó frente a ella.

—Tomad asiento príncipe. —Le dijo con voz indiferente mientras se hacía una larga trenza y ataba el final de esta con una fina cinta de cuero.

—¿Hay que hacer un ritual primero? —Preguntó sentándose.

Yem colocó la espada de Mijaíl frente a la suya, apenas separadas unos centímetros, de manera que la punta de su espada tocaba la empuñadura de la otra.

—No es un ritual, la lucha de Gea es la energía que dan los cuatro elementos. Tierra, Agua, Aire y Fuego. Pero antes debes sentir a Gea, debes sentir su poder entrar en ti, has de fusionarte con ella, — Yem cogió las manos de Mijaíl, entrelazó los dedos en los de él, quedando estas encima de las dos espadas—, cierra los ojos, no pienses en nada, sólo siéntela, siente su calor.

Mijaíl hizo lo que ella le decía. El viento helado los envolvía como si quisiera elevarlos. Él al poco rato, empezó a sentir una vibración que empezaba en sus manos y le recorría el cuerpo entero, sentía calor. Abrió los ojos algo sorprendido y vio a Yem, ésta le miraba sonriendo.

—Esto que has sentido, es Gea, ahora luchemos ya estas preparado, —soltó las manos de él y se levanto del suelo recogiendo su espada—, recuerda, el primer círculo es la tierra, el segundo el agua, el tercero el aire y, el cuarto por encima de la cabeza y alrededor del cuerpo es el fuego, el protector, sentirás llegar el ataque y vencerás.

—Tengo una espada de repuesto, quizá deberías usarla para no mellar esta, no quisiera romperla. —Le ofreció él.

—Será mejor que la guardes para ti, gracias.

Diciendo esto comenzaron la lucha. Yem rozó la hoja de su espada con la de Mijaíl y se puso en posición de ataque. Éste no se hizo esperar por parte de él.

Al principio sus estocadas eran cuidadosas, no quería herirla. Yem lo sabía y le atacaba con más fuerza. Una de las veces en un giro le rozó con la punta de su espada en el brazo, procurándole un ligero arañazo. Entonces Mijaíl empezó a luchar con fuerza, como si se tratara de su enemigo, sobre todo cuando ella llegaba a ciertas partes de su anatomía a las que tenía mucho aprecio.

Yem no pretendía hacerle daño, pero su enfado por las cosas que él le había dicho y le había ordenado tantas veces en su propio castillo, hacían que sus ataques fuesen más incisivos. Sobre todo al recordar cuando le tenía que subir el desayuno a sus aposentos y veía salir de ellos a alguna de las jóvenes que trabajaba en el castillo, terminándose de vestir, con una sonrisa tonta en los labios y despedirse de él con anhelo de verle más tarde.

Mijaíl no sabía porque ella le atacaba así, rápida como el viento que les azotaba, le costaba ver sus movimientos.

Cuando Yem creyó que era suficiente puso la punta de la espada en el suelo de piedra, estaba deseosa de darle una lección.

—Mijaíl, Gea. —Le ordenó sofocada.

—Sea pues. —Aceptó él.

Trazaron los tres círculos en el suelo, haciendo que de las espadas salieran chispas, dando el último giro por encima de sus cabezas y asestando el golpe final.

Se oyó el ruido del metal al romperse y caer en la roca de la montaña.

Yem y Mijaíl abrieron los ojos al mismo tiempo. Los dos quedaron en posición de ataque, pero los ojos del príncipe se abrieron más asombrados. Yem tenía la punta de su espada señalando su pecho y, él tan sólo sostenía su espada partida por la mitad.

El aire los azotaba, en la lucha a Yem se le había soltado el pelo. Mijaíl la miraba, era una bonita y deseable imagen de una princesa guerrera.

Yem bajó la espada y la envainó en su funda, quedando colgando del cinturón. Mijaíl se acercó a ella con la respiración algo alterada aun, la abrazó por la cintura pegándola a él y besándola con pasión contenida. Después de unos minutos la soltó.

—Felicidades princesa y gracias por la lección. —Sonrió y se dirigió a su caballo seguido de una temblorosa y sonriente Yem.

Después de todo esto, el día pasó bastante divertido, hasta que Helora se acercó a Mijaíl y le habló al oído. Yem no supo lo que le pudo decir, pero Mijaíl la miró muy serio. Poco después su padre y él partían hacia Ghaoland de nuevo.

Cuando estos se fueron, Yem preguntó a Helora lo que le había dicho a Mijaíl. Ésta le contestó que no era nada importante, tan solo que Almhar estaba cansado y deseaba terminar con el cumpleaños.

Yem no creyó las palabras de su madrastra y se retiró a sus aposentos.

Los meses pasaban, su padre tan solo mejoraba de vez en cuando. Llegado el mes de agosto, Almhar, mandó a un mensajero a Ghaoland, necesitaba hablar con su amigo sobre el futuro de su hija y de Gea.

Yerhan y Mijaíl llegaron dos días después. Yem estaba cerca a su padre, pues sabía que le quedaban contados los días junto a ella.

Un criado anunció la llegada de Yerhan y Mijaíl.

—Traedlos aquí. —Ordeno al criado.

—Padre, ¿porque los has hecho llamar? —Preguntó Yem.

—Tranquila hija, solo quiero hablar con mi amigo, no te preocupes todo va a salir bien.

Entraron en la habitación Yerhan y Mijaíl. Almhar pidió a Yem que les dejara solos.

Yerhan se sentó al lado de su amigo, Mijaíl se quedó a los pies de la cama.

—Amigo mío. —saludó Almhar con voz cansada—, gracias por venir tan pronto.

—No tiene importancia, dime Almhar ¿Qué es lo que ocurre? —Veía preocupación en su amigo.

—Yerhan, se que me quedan pocos días de vida. Sólo quiero que Yem quede protegida, —respiró con dificultad—, debes jurar que el matrimonio entre Mijaíl y Luz de Hielo no se llevará a cabo antes de que cumpla los 19 años, el mismo día en el que nos casamos su madre y yo, en la luna de las nieves.

—Lo recuerdo, el 21 de diciembre, pero... ¿Por qué no antes de que cumpla los 19 años? —Preguntó Yerhan sin comprender.

—Su madre se casó conmigo cuando apenas tenía 17 años, sabes que murió de parto, no quiero que Yem sufra la misma suerte. —Aclaró.

—No te preocupes por eso viejo amigo, juro que se hará como tu deseas, además estoy seguro de que lo veras con tus propios ojos. —Cogió la temblorosa mano de su amigo.

—Los dos sabemos que no será así, gracias por respetar mi última petición, —sonrió—, sabes que Yem es mi vida, mí niña. Cuando yo no esté necesitara el apoyo de los buenos amigos, ya que no le quedará más familia que vosotros. Se convertirá en reina de Gea, ese es mi legado y sé que por ese echo puede llegar a correr peligro su vida.

—No te preocupes, será mí protegida, —prometió Yerhan mirando a su hijo—, además, tiene también la espada y la protección de Mijaíl, su futuro esposo.

—Joven príncipe, ten paciencia con ella tan sólo es una niña, un poco incorregible, —sonrieron los tres—, pero es buena y será una esposa obediente y fiel como su madre.

—Almhar, prometo ser considerado y comprensivo en la medida de lo posible con la princesa. —Aseguró Mijaíl solemne.

—Gracias, ahora id al comedor seguro que tendréis apetito, yo dormiré un buen rato antes de comer. —Les pidió Almhar.

—Después daremos una vuelta por el pueblo y la aldea antes de partir a Ghaoland subiré a despedirme de ti. —Repuso Yerhan viendo a su amigo bastante cansado, la enfermedad lo estaba desgastando y su semblante anunciaba una muerte ineseperada.

Sentados a la mesa Yerhan y Mijaíl observaban a Yem.

Ésta parecía bastante triste y estaba algo más delgada, Mijaíl comprobó que comía muy poco, todo lo contrario de Helora, la cual no quitaba la mirada del cuerpo del príncipe. Yem la miró a los ojos y vio el deseo por Mijaíl, después miró a los ojos de su prometido y sólo vio indiferencia y una chispa de burla, como siempre.

CAPÍTULO 2

Pasadas dos semanas, Almhar empeoró mucho más. Sintiendo que se moría mandó llamar a su hija. Yem entró en los aposentos de su padre.

—Padre, ya estoy aquí. —Dijo con voz temblorosa.

—Hija mía, ya no puedo… respirar. —Su pecho se agitaba cada vez que hablaba.

—No hables padre, estas muy débil. —Añdió cogiendo sus manos frías.

—Debes saber… que tú eres ahora la reina de Gea, mí legado pasa a ti, así como mí espada. —Tosió.

—No hables así, aun estas vivo. —Yem lloraba abrazada a su padre.

—Mi reina, Luz de hielo, hija mía… —Su voz se cortó.

—Te quiero mucho padre, no me dejes sola.

—Mi niña… te quiero hija. —Apretó lo que pudo a su hija contra él.

Almhar espiró su último suspiro de vida y la mano que apretaba a Yem cayó en la cama inerte.

—¡Padre! ¡Padre! —Exclamó— ¡Oh! Bendita Gea, llévame con él.

—Será como deseas. —Anunció Helora a los pies de la cama de su difunto esposo.

—¿Cómo? —Yem se levantó del lado de su padre.

—No sabes cuanto tiempo llevo esperando esto, —hizo una señal con la mano y varios soldados entraron en la habitación—, apresadla, la necesito con vida —ordenó y salió de la habitación.

Yem buscaba una espada, necesitaba defenderse. La vio apoyada a un metro de su mano derecha, los soldados se abalanzaron contra ella, quien con rapidez tomo la espada de su padre. Saltó encima de la cama dejando a su padre entre sus piernas, esquivando así varias estocadas.

La posición y el ataque de Yem, desarmó a uno de los tres soldados. En realidad no querían hacerla ningún daño, la conocían desde niña, tan sólo cumplían órdenes.

—¡Princesa! —Exclamó uno de ellos—, no queremos luchar contra ti.

—¿Y por qué lo hacéis? —Seguía en posición de ataque.

—Perdonad, teníamos que estar seguros de que su madrastra oía lucha, —bajaron sus espadas—, debe saber que sólo somos diez soldados y nosotros tres estamos a sus órdenes.

—¿Dónde están los demás? —Preguntó bajando de la cama.

—Protegiendo Gea desde alta mar, princesa. —Respondió.

—Entonces sólo cuento con ustedes, —les miró—, uno de vosotros debe ir a Ghaoland, avisar de todo esto y de la muerte de mi padre al rey Yerhan y a su hijo.

—Iré yo, señora. —Se ofreció uno de los soldados.

—Gracias. Apresúrate y que no te vean, —ordenó—. Ustedes dos síganme, debemos capturar a Helora antes de que haga saber al resto de los soldados que mí padre ha muerto y yo también, quiere ser reina y si no llegamos a tiempo lo conseguirá.

Salió de los aposentos de su padre y cerró con llave, después los soldados la escoltaron hasta el salón del castillo. Lucharon contra varios soldados, que ordenados por Helora los buscaban para matarlos. La noche empezaba a caer, las luces del castillo estaban apagadas, no había ninguna vela. Ninguna antorcha. La oscuridad lo envolvía todo.

Yem tenía la espada de su padre en las manos y la suya envainada colgando de su cinturón. Sintió el peligro cerca de ellos de nuevo.

—Van a entrar de un momento a otro, —advirtió en voz baja a sus soldados—, son libres de marcharse o luchar a mí lado.

—Será un placer luchar a su lado princesa. —Dijeron los dos casi al mismo tiempo.

Varios soldados irrumpieron en la estancia con antorchas. Ni Yem, ni sus soldados, conocían a aquellos hombres. Éstos se abalanzaron contra ellos y empezaron a luchar por salvar sus vidas.

Los soldados de Yem eran buenos espadachines y se quitaron de encima a varios. Siempre buscando proteger a su princesa, la cual se defendía bastante bien, a pesar de las lágrimas que no dejaban de caer en sus pálidas mejillas. Pero cada vez eran más los hombres que los atacaban, los brazos de Yem comenzaban a cansarse. Vio como uno de sus soldados perdía la vida. Entonces inició la lucha de Gea, dejando a varios hombres muertos a su paso. Siguió luchando. Oyó el grito de dolor de su último soldado y salió del salón seguida de varios hombres. Subió las escaleras en busca de la protección de sus aposentos. Allí había una salida secreta la cual utilizada solo para escapar de los castigos de Helora. Pero le resultaba difícil luchar y subir las escaleras al mismo tiempo.

Dio una patada a uno de sus atacantes, y éste, cayó tirando a varios más junto con él por las escaleras.

Yem corrió por el pasillo, pero tres hombres bastantes grandes la esperaban junto a la puerta de su habitación. Yem inició de nuevo la lucha de Gea y se quitó del medio a uno más. Los otros dos la atacaron y uno de ellos en la lucha le cortó en la pierna derecha, empezando esta a sangrar demasiado.

Alrededor del castillo así como dentro de éste, se oían gritos de lucha. Yem estaba atrapada por los dos soldados y la pared, dando lo que quedaba de sus fuerzas levantó la espada de su padre y se defendió del ataque de uno de ellos. La oscuridad, los gritos, el cansancio y el dolor por la muerte de su padre, casi cegaron de ira a Yem. Si moría seria luchando.

El ejercito que luchaba fuera y dentro del castillo contra aquella tropa de milicianos, eran los soldados de Ghaoland y las gentes de Gea que querían defender a su princesa.

Mijaíl y su padre se cruzaron con los soldados que iba en su busca, pues sabiendo lo enfermo que estaba Almhar querían hacerle una visita sin previo aviso. El príncipe entró en el salón del castillo, buscaba entre aquellos hombres a Yem. Miró hacia las escaleras y vio caer a un hombre con sangre en el pecho, subió las escaleras corriendo con su espada en la mano, se asombró al ver el panorama, varios hombres muertos y a Yem luchando con aquel gigante, éste asestaba un fuerte golpe contra ella pero fue rechazado por la espada de Mijaíl, quien se puso delante de Yem y atravesó el pecho del atacante con facilidad. Se volvió hacia ella, que al principio no le reconoció en la oscuridad del pasillo y le atacó. Mijaíl paró las estocadas que Yem no dejaba de propinarle.

—Luz de hielo. —Le gritó.

Yem se quedó en posición de ataque, al igual que Mijaíl. Unos segundos después ella soltó la espada, agotada y temblando, la imagen de Mijail se desdibujaba y cayó al suelo inconsciente.

Mijaíl envainó su espada y la cogió en brazos. La llevó a sus aposentos, abriendo la puerta de estos con una patada. Tumbó a Yem en la cama, fue cuando se dio cuenta de que tenia mucha sangre en las manos, recorrió su cuerpo con la mirada y descubrió el corte profundo en su pierna derecha, por el cual sangraba profusamente. Rasgó los pantalones de Yem y como no podía ver bien la herida, encendió varias velas. Uno de sus soldados llamó a la puerta.

—Señor, los rebeldes han sido capturados, esperamos sus órdenes. —Dijo el soldado.

—Quiero a dos soldados apostados en la puerta de esta habitación, hagan venir rápidamente a un sanador y que varias mujeres suban aquí, para atender a la princesa. —Ordenó.

El soldado salió rápido para cumplir las órdenes de su príncipe. Éste se quedó mirando a Yem, recordando su postura luchando.

—¿Cómo has podido mantenerte con vida tu sola? —Negó con la cabeza.

Sabía que la lucha de Gea la había mantenido con vida, pero se sentía mal por no haber podido llegar antes. Encontrarla tan desprotegida y luchando por su vida, le hizo prometerse que jamás volvería a suceder, en cuanto se recuperara la llevaría a su castillo en Ghaoland, hasta que todo volviera a ser como antes en Gea. Nunca más su princesa tendría que luchar para salvar su vida, no al menos sola.

Yerhan y un soldado entraron en la habitación.

—¿Cómo está hijo? —Le preguntó.

—Agotada padre, tiene un corte en la pierna y sangra profusamente, —miró al soldado— ¡Dónde está el sanador! —Exclamó.

—Ya llega al castillo señor, las mujeres esperan fuera pasaran cuando lo yo lo requiera. —Respondió éste.

—Que pasen y atiendan a su señora. —Ordenó levantándose de la cama.

Mijaíl y su padre salieron de la habitación dejando así trabajar a gusto a las mujeres. Y se fueron directamente a los aposentos de Almhar. Debían darle paz y así terminar con su funeral.

Vistieron con sus mejores galas al Rey Almhar y lo velaron toda la noche. Yem despertó de su inconsciencia llamando a su padre. Al oírla Mijaíl entró en la habitación y se sentó al lado de ella.

—Yem, tranquila, estas a salvo, —decía observando su respiración agitada—. ¿Han curado bien sus heridas? —Preguntó a una de las mujeres.

—Sí señor, pero ha perdido mucha sangre y la herida de la pierna al ser tan profunda se infectó. El sanador ha dicho que le llamemos de nuevo si empezara con la fiebre.

—Está bien, vayan a descansar, yo me quedaré con ella un buen rato. —Ordenó.

–Si señor, háganos llamar si nos necesitara. —Añadió una de ellas la más anciana.

Esa madrugada comenzó a subirle la fiebre, Mijaíl tocó su frente sudorosa y notó que ardía. Ordenó traer al sanador; éste mando ponerle paños fríos en la cabeza y que le diesen de beber mucha agua. Volvió a curar la herida de Yem, sin poder hacer mucho más por su señora. Después volvió a la aldea ya que tenía varios heridos que atender por culpa de la lucha.

Amanecía cuando enterraban a Almhar en el cementerio del castillo, junto a su esposa Yamiem. Después de dar paz al rey, Mijaíl volvió a los aposentos de Yem, no salió de allí hasta que dejó de tener fiebre, la cual duró tres días y tres noches.

Yem despertó el cuarto día, abrió los ojos despacio, parpadeó varias veces y giró la cabeza hacia la derecha. Vio a Mijaíl lavándose la cara en la palangana. Se quedó mirándole, observando su cuerpo, estaba sin camisa. Mijaíl se secó la cara con un paño de algodón y miró hacia ella.

—Buenos días, Yem. —Se sentó en la cama junto a ella.

—Buenos días. —Saludó incorporándose despacio en la cama.

—¿Cómo estas? —Le preguntó, mirando las sombras azuladas debajo de sus hermosos ojos.

—Creo que bien, —recordó a su padre de repente—. ¡Mi padre! —Exclamó intentando salir de la cama.

—Princesa aún no puedes levantarte, —decía Mijaíl sin dejar que saliera de la cama—, ya dimos paz a tu padre, ahora descansa al lado de tu madre, lo siento Yem.

—¡Mi padre murió! —Exclamó Yem recordando lo ocurrido.

—Perdona, creía que lo sabias. —Se disculpó él.

—No lo recordaba, —le dijo entre lágrimas—, murió en mis brazos, me ha dejado sola. —Lloraba.

—Vamos princesa no llores, —le decía Mijaíl abrazándola contra su pecho, acunándola entre sus brazos—, no estas sola, no llores más, aún estas muy débil.

—Siento mucho dolor. —Yem hablaba entre sollozos.

—Lo sé, pero créeme pasará, —la beso en la frente—, no sé cuando, pero pasará.

—Quiero ver la tumba de mí padre. —Le pidió levantando la cara de su pecho.

—Tu padre fue enterrado con todos los honores que se merece un rey, acompañado por todo su pueblo.

—Menos yo, debía haber estado allí. —Se culpó.

—Tenías mucha fiebre, —secó sus lágrimas—, Yem, después de comer prometo que te llevaré hasta la tumba de tu padre.

—Gracias, por todo y por salvarme la vida.

—No me lo agradezcas, era mí deber, —sonrió—, ahora vas a desayunar, tienes que recuperar las fuerzas, —se levantó de la cama y se puso una ligera camisa de lino—, en cuanto estés mejor nos iremos a Ghaoland.

—Quiero quedarme aquí. —Repuso Yem.

—Princesa, han tratado de matarte, no puedes quedarte aquí hasta que no capturemos a Helora y todo vuelva a la normalidad en Gea.

—Si me voy ¿Quién se encargara de sus gentes y del castillo? —Preguntó sentándose en la orilla de la cama.

—Yem, mi padre y yo lo haremos, no te preocupes, todo saldrá bien y volverás pronto a Gea, te lo prometo. Pero ahora mi obligación es protegerte y para ello debo llevarte conmigo a Ghaoland, —se acercó a ella y se sentó de nuevo a su lado—, tu solo recupérate, he de salir princesa. —Besó su frente y abandonó la habitación.

Yem se quedó algo sorprendida ante tanto despliegue de atenciones por parte de Mijaíl. Nunca se había comportado así con ella, siempre era arisco y mandón.

<<Quizá ha cambiado y ya no me odia o tan solo siente pena por mí>> Pensó Yem y se levantó.

Esa tarde Yem pudo ver la tumba de su padre, estaba acompañada por Mijaíl y el padre de éste. En el mes de agosto hacía calor y en esos momentos la sombra de un gran abeto cubría las tumbas de sus padres.

Yem se arrodilló ante las lápidas y lloró sus muertes. Un rato después Yerhan se acercó a ella.

—Vamos Luz de hielo, debes descansar. —Hizo un gesto a su hijo con la mirada y este se acercó.

—Gracias Yerhan, gracias por darle paz. —Decía limpiándose las lágrimas y levantándose de la lápida de su padre.

—Ha sido un honor princesa, ahora debemos volver al castillo. —Diciendo esto, una flecha pasó entre ellos clavándose en el muro que había detrás.

—Rápido padre. —Gritó Mijaíl.

Cogió en brazos a Yem y la sentó en la montura de su padre, el cual lo hizo detrás.

—Ponedla a salvo. —Pidió.

—Ten cuidado hijo. —Yerhan galopó hacia el castillo protegiendo a Yem con su escudo, en el cual se claravon varias flechas.

Mijaíl montó su caballo y acompañado de varios soldados fue en busca de aquel arquero.

Yerhan y Luz de hielo llegaron al castillo. El rey apostó a dos soldados más en cada torre y tres custodiaban a la princesa.

Yem estaba nerviosa, las horas pasaban y no llegaba Mijaíl.

La noche hizo presencia y el cielo se convirtió en un manto negro lleno de estrellas, caía la media noche cuando las puertas del castillo se abrieron, entrando Mijaíl y varios de los soldados.

—Hijo, ¿le habéis capturado? —Preguntó Yerhan acercándose a él.

—Sí, esta en las mazmorras, —respondió quitándose los guantes de cuero. Miró a Yem—. ¿Cómo está? —Preguntó a su padre.

—No ha querido subir a sus aposentos, apenas ha probado bocado y no he oído su voz desde el ataque en el cementerio, —los dos se giraron para mirarla—, creo que deberías hablar con ella mientras yo interrogo al arquero.

—No hace falta padre, ya confesó por el camino, —Yerhan vio sangre en los nudillos de las manos de su hijo—, hablaré con ella aunque no creo que me haga caso.

Mijaíl ordenó a los soldados que custodiaban a la princesa retirarse, después se sentó a su lado frente a la gran chimenea.

—Yem, las gentes de la aldea dicen que eres buena curando, que tienes el don de tu abuela, —ella le miró—, dime, ¿podrías curarme esto? —Le mostró las manos.

Yem observó los cortes en los nudillos, lo había visto muchas veces y sabía que era por una pelea a puñetazos.

—¿Por qué estás herido? —Preguntó.

—Bueno, digamos que tu atacante se resistió a hablar. —Bromeó.

—¿Y pudo hablar después? —Inquirió mirándole a los ojos.

—Sí, con la nariz rota, pero habló. —Respondió.

Yem no hizo más preguntas y cogió lo necesario para curar las manos del príncipe. Después de lavárselas con agua caliente, en la cual coció ajos, lavanda y salvia. Secó bien las heridas y aplicó un ungüento hecho con aceite de lavanda, mezclado con limón y menta.

—No te laves las manos hasta mañana, —le dijo—, cuando lo hagas utiliza el jabón de lavanda que hay en mis aposentos.

—Gracias princesa, ahora me complacería mucho que me acompañaras a la mesa y cenaras conmigo. —Pidió en tono suave y bajo.

—No tengo apetito. —Ocultó la mirada.

—¿Entonces tendré que ordenarte que cenes conmigo? —Habló serio.

—No, —le miró—, no quiero hacerte enfadar, cenaré. —Asintió con la cabeza.

—Bien, —Mijaíl se levantó y ofreció el abrazo a la princesa—, comamos pues, me muero de hambre.

Durante la cena ella le preguntó si sabía quién había mandado a ese arquero. Mijaíl no se fue por las ramas y le contó la verdad.

—Helora.

—Lo presentía. —Dijo ella.

—Está muy bien escondida, no logramos encontrarla, —añadió Mijaíl mirando a su padre—, por eso partiremos a Ghaoland antes del amanecer.

—Será lo mejor, ya tengo todo controlado en el castillo y más de cien hombres de Gea y Ghaoland velaran por la seguridad de la aldea y sus gentes. —Aseguró Yerhan mirando a Yem.

Faltaba una hora para el amanecer cuando Yem, Mijaíl y Yerhan, partían en un barco hacia las tierras de Ghaoland.

Luz de hielo miraba hacia su tierra, la cual se perdía en la oscuridad y la lejanía.

Ghaoland no estaba muy lejos, medio día en barco les separaba de Gea.

Los días pasaban en el castillo de Ghaoland. Yem tenía una habitación para ella sola. La mujer de Yerhan, Althea, era la única que se ocupaba de ella en el castillo. El rey no se fiaba de nadie, Althea era su segunda mujer, hermana de la primera, la cual murió por la venganza de Frhagman. En aquel tiempo, Mijaíl tan solo tenía cinco años. Él no tenía más hermanos.

Luz de hielo echaba de menos el entrenamiento con la espada, estaba cansada de pasar las horas en los jardines o en sus aposentos.

De nuevo pasó el otoño, Yem sabía que todo iba bien en Gea y que pasado el invierno volvería.

Durante todo ese tiempo, Helora no fue encontrada, era como si se la hubiese tragado la tierra. Pero no era así, estaba escondida en una de las pequeñas islas que hay alrededor de la isla de Mailand. Allí esperaba con paciencia el día 21 de diciembre de 1063, el día de la boda entre Yem y Mijaíl.

Helora fue criada en el odio hacia Almhar y Yerhan, contra los que acabaron con su querido padre, su madre la educo en las artes oscuras. Frhagman, dejó un manuscrito maldito, como herencia; tan solo derramar la sangre del primogénito de Almhar en él, el reinado de Gea pasaría a quien tuviese el manuscrito. Gea era codiciada por Frhagman, porque estaba llena de fuerza y energía, eso daba poder y él lo que quería era gobernar el mundo a través de Gea. Como el druida murió antes, ese legado paso a su única hija Helora. Sus hechizos la mantenían joven y bella; cuando conoció a Almhar empezó a darle ciertas pócimas, primero para enamorarle y después para matarle poco a poco, para que no descubrieran los sanadores el veneno que todos los días ella le daba en sus labios, con el beso de los buenos días. Ese veneno lo guardaba ahora en una pequeña redoma, la cual, estaba segura que tomaría Yem sin dudarlo y muriendo así, pero antes se tenía que asegurar de que la sangre de Yem, fuese virgen. Si todo ocurría como deseaba, también moriría el príncipe Mijaíl. Y así, maquinando su venganza pasaban los meses.

Mijaíl estaba poco en el castillo, la mayoría del tiempo lo pasaba de viaje con su ejército. Ni si quiera asistió cuando Yem cumplió sus 18 años.

En todo ese tiempo Yem había viajado varias veces a Gea, se había quedado uno o dos meses en su castillo.

Yem decidió ir a Gea y pasar allí parte del verano. Cuando llegó sus gentes la recibieron con alegría y le pidieron que no se marchara y que empezara a gobernar como reina de Gea, ya que quedaba poco tiempo para su matrimonio. Sus aldeanos querían organizar los festejos de la boda de su señora.

Yem accedió a su petición y prometió celebrar su boda allí, donde debía de ser.

En ese tiempo Yem había cambiado, era más adulta y más mujer en todos los aspectos.

Mijaíl llegó a Ghaoland después de unos entrenamientos con sus soldados en alta mar.

—Padre. —Saludó a éste con un fuerte abrazo.

—Mi querido hijo, te veo muy bien, —rio—, vaya eres más alto que yo. Estoy muy orgulloso de ti.

—Gracias padre ¿Qué tal todo por aquí? —Preguntó buscando a la princesa.

—Muy bien, —sonrió Yerhan—, no esta, quiso ir a Gea y pasar allí el verano.

—Y no pudo esperar a que regresara. —Comentó serio.

—Echaba de menos su tierra, además, no has avisado de tu llegada.

—Padre, mandé a un emisario de Gea hace una semana. —Repuso éste.

—Aquí no llegó nadie. —Padre e hijo se miraron.

—¿Cuánto hace que se fue la princesa? —Preguntó.

—Dos días, —respondió Yerhan—. ¿Crees que puede estar en peligro?

—No lo sé padre, partiré hacia allí en cuanto coma y me pueda bañar.

—Descansa mandaré a un mensajero y haré traer a Yem de vuelta hoy mismo —dijo su padre.

—Quizá no pase nada, iré yo. —Añadió con determinación.

—Como desees, tenme informado.

Mijaíl después de comer y darse un largo baño, que destensara sus doloridos músculos por el duro entrenamiento, partió hacia Gea al anochecer.

Fue recibido por los criados del castillo, a su llegada Yem ya dormía en sus aposentos.

El príncipe dejó dos solados montado guardia a la puerta de éstos. Y ocupo las habitaciones de los invitados.

Al día siguiente cuando Yem despertó, fue avisada de la llegada de Mijaíl. Después de vestirse como a ella le gustaba bajó al salón a desayunar. El príncipe aún dormía, dio órdenes de no despertarle, que durmiera lo que quisiera.

El sol estaba alto cuando Mijaíl bajó a desayunar, preguntó por la princesa y le dijeron que podía estar en la playa, ya que siempre tomaba un baño antes de comer. Le indicaron donde estaba la pequeña playa en la que ella solía nadar.

Mijaíl llegó allí a caballo, lo dejó pastando al lado de un árbol donde estaban algunas pertenencias de la princesa y parte de su ropa. Se acercó hasta la playa, miró y vio a Yem nadando en el mar. Se dio cuenta que nadaba desnuda, ya que su camisola estaba encima de la arena, la recogió y se sentó en una pequeña roca, observando a Yem bucear. Ésta miró hacia la playa al sentirse observada y le vio sentado en la roca y con su pequeña camisola en las manos.

Nadó hasta llegar cerca de la orilla y después de caminar unos pasos hasta que el agua le cubría por el pecho le habló.

—Saludos Mijaíl. —Le dijo.

—Saludos princesa. —Sonrió.

—Serías tan amable de acercarme la camisola, por favor. —Pidió.

—¿Y por que no bienes a cogerla?

—Porque estoy desnuda. —Respondió.

—Vamos Yem, te he visto desnuda varias veces. —Rio.

—Cuando era una niña, ahora soy una mujer. —Repuso.

—Está bien. —Se acercó hasta donde estaba ella.

Yem se cubrió el pecho con los brazos, su cercanía le ponía nerviosa, además su mirada le decía que se burlaba de ella.

—Tomad, princesa. —Le dio la camisola alargando el brazo.

—Gracias, —cogió la prenda—, por favor, date la vuelta.

—Como quieras. —Mijaíl avanzó unos pasos hacia la orilla riendo.

Luz de hielo se puso la camisola y se acercó hasta Mijaíl, cuando estaba frente a él, éste la miró sonriendo.

—¿Qué tal el agua del mar? —Preguntó Mijaíl, él tan solo se había mojado hasta las rodillas.

—¿Por qué no lo compruebas tu mismo? —Diciendo esto empujó a Mijaíl cayendo éste de espaldas al agua helada del mar del norte.

Ahora reía Yem, se dio media vuelta y avanzó tan sólo unos pasos. No le dio tiempo a más, ya que unas manos grandes la arrastraban de nuevo hacia las aguas del mar.

Mijaíl se hundió con ella y unos segundos después subían a la superficie.

—Vaya no querías mojarte sólo. —Decía Yem riéndose.

—¿Cómo puedes bañarte en estas aguas tan frías? —Preguntó él echándose el pelo hacia atrás.

—No son tan frías. —Respondió.

—Sí lo son, las playas de Ghaoland son más templadas.

—Si ahora te parecen frías, deberías bañarte en invierno. —Rio.

—Ni loco Yem, —ando hacia la orilla—, vamos será mejor que nos sequemos.

—Sí, además, ya es hora de comer. —Decía andando tras él.

Yem resbaló y no cayó al agua de nuevo ya que se sujetó al brazo de Mijaíl. Quien se volvió y paso su brazo por la cintura de Yem.

Así llegaron a la orilla, el aire levantó el pelo de Yem, haciendo temblar a ésta un poco, pues éste era más frío que el agua del mar.

—¿Tienes frío? —Preguntó Mijaíl delante de ella.

—Sólo un poco. —Contestó.

Mijaíl se quedó mirando sus azules ojos, eran como el océano, se podía perder en ellos si quisiera. Enredó una mano en su pelo, caoba oscuro, algunos reflejos más claros, contrataban con su piel algo morena por los baños al sol. Pero sus ojos se detuvieron unos momentos en sus labios, sensuales, rojizos. Después recorrió su cuerpo, apreciando la bonita mujer en la que se había convertido aquella niña con la que le habían prometido en matrimonio.

Sonrió ante el rubor en las mejillas de Yem, estaba seguro de que nadie la había mirado así, que nadie más que él, se había atrevido a posar los ojos en la princesa.

Yem se cruzó de brazos, intentando cubrirse ante aquel exhaustivo examen, el cual le hizo enrojecer bajando la mirada. Mijaíl soltó el mechón de pelo y puso un dedo debajo del mentón de Yem haciendo que levantara la cara.

—No sientas vergüenza por tu hermosura, —le dijo cerca de sus labios y rodeando su cintura con las manos—, no delante de mí.

Yem vio en sus ojos lo que llegaba a continuación. Mijaíl comenzó a besarla despacio, sólo pretendía que fuese un beso de prometidos, un simple beso. Pero Yem le abrazó por el cuello pegándose más a él. Éste incitado por aquello puso una mano en la nuca de Yem, haciendo así que levantara más la cabeza y el beso, aquel simple beso de novios, se convirtió en beso de amantes. Yem dejó que la besara como quisiera y disfrutando de ello pasaron largo rato, hasta que él se separó despacio de sus labios, tan sólo unos pocos centímetros.

—Princesa, será mejor que te vistas y vayamos a comer, —volvió a besarla—, o no respondo de mis actos, hace bastante que no estoy con una mujer.

—Ahora estas con una. —Susurró Yem sin soltarle.

—Sí, —la estrecho más contra él—. ¿Estas dispuesta a ser una mujer de verdad? —Preguntaba besándola por el cuello.

—Mijaíl, bromeas de nuevo . —Le dijo haciendo que él levantara la cabeza.

—No, —sonrió—, dime princesa, ¿estas dispuesta?

Mijaíl bajó la camisola de Yem dejando parte de su pecho al descubierto, seguía besándola. Yem se arqueó ante aquellos besos respondiendo a la pregunta del príncipe.

—Señor. —Les interrumpió uno de los soldados de Mijaíl.

—¿Qué ocurre soldado? —Preguntó sin soltar a Yem.

—Los hombres quieren saber cuanto tiempo vamos a estar en Gea. —Respondió.

—No lo sé aún, pero podéis tomaros el día libre, id a divertiros. —Continuaba hablando sin mirar al soldado.

—Gracias señor. —Éste se fue.

—Será mejor que volvamos al castillo princesa. —Dijo soltándola.

Anduvieron hasta donde Yem tenía el resto de su ropa, se vistió detrás de unos matorrales. Mijaíl montó en su caballo y después puso a Yem delante de él ya que ella había ido sin su corcel. Luz de hielo se recostó en el pecho de Mijaíl, mientras éste la sujetaba con un brazo por la cintura, con la otra mano llevaba las riendas.

Cuando llegaron al castillo, Mijaíl la dejó en el suelo y después de dejar el caballo al cuidado de sus soldados, se reunió con ella para comer.

A la mesa se sentaron tan sólo ellos, una criada les servía la comida. Ésta cada vez que servía al príncipe lo hacía con una sonrisa en los labios.

Yem permanecía callada, tan sólo observaba. Cuando le servía el postre, la joven se acercó más a él y le susurró algo al oído. Mijaíl sonrió y asintió con la cabeza.

Yem se levantó de la mesa.

Me retiro príncipe, he de ir a la aldea, debo revisar algunas cosas. —Se adelantó unos pasos.

—Vuelve antes de que anochezca y lleva escolta. —Ordenó.

—¿Te apetece acompañarme? —Preguntó sabiendo la respuesta.

—Quizá vaya a buscarte, ahora me gustaría descansar un buen rato. —Sonrió.

Yem se quedó mirando sus ojos verdes, no le decían nada, tan solo le mostraban cansancio, aunque en el fondo ella sabía que su descanso sería más placentero de lo normal.

—Entonces disfruta a gusto del placer del descanso, —pasó un dedo por los labios de él—, hasta la cena.

—Ve acompañada de acuerdo. —Pidió.

—Sí. <<Tan acompañada como tú en tu descanso>> Pensó al ver en sus ojos ganas de que se fuera.

—Hasta luego Yem. —Repuso serio.

Luz de hielo salió del comedor y se cruzó con la joven que subía las escaleras hacia los aposentos de Mijaíl.

Yem estaba enfurecida, tenía que irse o subiría las escaleras y... Montó su caballo y salió sin escolta. Como defensa sólo su espada y la lucha de Gea.

Yem fue a la curtiduría a recoger unos trozos grandes de cuero suave para hacerse unos pantalones nuevos. Después visitó a algunos aldeanos que tenían problemas con su salud, procurándoles algunas cataplasmas y bálsamos curativos. La mayoría eran quemaduras y cortes mal curados. Paso por la herrería y mandó poner herraduras nuevas a su caballo. Así, paso la tarde, dando paso a la noche, entretenida en la aldea. Era mejor eso que estar esperando a que Mijaíl terminara su descanso, claro está no seria tal, pues entre las piernas de aquella joven el descanso sería mínimo.

Llegó al castillo, ya era noche cerrada. Mijaíl la esperaba en las puertas de la casa, llevaba puestas las botas de montar y envainaba su espada. Su enfado era visible de lejos. Yem dejó su caballo al cuidado del chico de los establos.

Se acercó a las puertas del castillo, iba quitándose los guantes de cuero.

—Buenas noches príncipe. —Saludó.

Mijaíl no dijo nada, entró en el salón sin mirar a tras. Ella le seguía con una sonrisa pícara en sus labios, mientras miraba lo bien que le quedaban los pantalones de cuero.

Se adelantó un paso a él quitándose la capa.

—Yem ¿Qué es lo que te he dicho que hagas antes de irte? —Preguntó serio.

—Ya, lo siento me entretuve. —Respondió.

—A parte de llegar tan tarde, ¿que más? —Se cruzó de brazos.

—Que me fuera porque tenías prisa por… —Se tapó la boca ante su error.

—¿Cuándo he dicho eso? —Se acercó a ella.

—Bueno con palabras no… siento haberme ido sin escolta. —Se disculpó.

—No quiero imaginar los motivos que te han llevado a hacerlo, —estaba muy serio—, espero que no se repita. —En su mirada había amenaza.

—Ya me he disculpado. —Replicó.

—Eso no es suficiente Yem. —Le regaño ante su replica.

—¿Me vas a castigar? —Sonrió.

—Debería.

—Escucha bien, príncipe, ya me has castigado y no había hecho nada para merecerlo, —se acercó a él—, dormir te habría sentado mucho mejor.

—Yem, estoy perdido no se de que hablas. —Dijo algo dudoso.

—Sí, perdido entre las piernas de cualquier mujer que las abra. —Se dio la vuelta y salió del salón hacia sus aposentos seguida de Mijaíl.

—No puedes hablarme así. —Levantando la voz.

—Puedo hablarte como me plazca, aun no eres mi esposo.

—Me debes obediencia. —Ordenó.

—Y tú, fidelidad, —le enfrentó—, cuando cumplas tú, lo hare yo. —Cerró la puerta de la habitación en la cara del enfadado príncipe.

Mijaíl se fue a sus aposentos, estaba enfadado. Ella no debería recriminarle que buscara placer en otras mujeres, no podía tocarla hasta que se casaran, lo había jurado junto a su padre, ante Almhar.

Durante los días que siguieron persistió el enfado entre ambos. Decidido a terminar con ello Mijaíl, durante la cena anunció a Yem que volverían a Ghaoland al amanecer.

Yem no puso objeciones a su petición sabía que no serviría de nada, de todos modos le tendría que aguantar menos en Ghaoland, ya que estaba segura de que volvería a salir de maniobras con los soldados cuando acabara el verano. Si tenía suerte no le vería hasta el día de su boda. En parte estaba en lo cierto, tan sólo en parte.

El otoño no se hizo esperar y con el los días lluviosos. Althea veía a Yem triste. Una tarde algo soleada le ofreció salir a pasear por el pueblo, pensó que seria bueno que conociera donde nació su madre y donde murió su abuela.

Albora vivía en una casita baja en el pueblo. Al entrar en ella sintió paz interior. Pudo ver muchas de las pócimas las cuales Albora escribía. En el centro del salón estaba la chimenea, encima de esta había un retrato. Althea le dijo que era su abuela. Después de estar un rato allí, salieron de nuevo hacia el castillo, antes de llegar se acercó a Yem y le dio la llave de la casa de Albora. Así, ella podría ir cuando quisiera sin tener que dar más explicaciones.

Los sueños empezaron poco después, eran sueños premonitorios, sabía que algo iba a ocurrir. Sabía que Helora no había huido muy lejos y que en algún momento aparecería.

Así sucedió, todo estaba preparado para la boda en Gea, pero Yem no lo estaba, así que decidió ir a su lugar secreto y poder estar sola, quería estar en paz con ella misma y calmar sus nervios, iba a casarse con un hombre que no la amaba y eso le dolía demasiado.

Faltaban tan sólo unas horas para la celebración de la boda, nadie encontraba a Yem. Su vestido de novia estaba encima de la cama, esperando a la princesa.

Mijaíl sabía donde podía estar, sabía lo que le ocurría. Fue a buscarla para convencerla, para decirle que aunque pocas veces se lo había demostrado en el fondo sentía algo muy especial por ella. Y que ese sentimiento podría llegar a ser amor, en un tiempo no muy lejano. Necesitaba decírselo y calmar sus nervios tan tensos como los de la princesa.

Pero Mijaíl fue atacado por sorpresa y golpeado fuertemente en la cabeza, así le encadenaron y le colgaron de una argolla del techo de la cueva donde enterraron al druida Frhagman. Después Helora se encargaría de la princesa.

ISLA DE GEA.

21 de Diciembre de 1063 d.C

Había caído en una trampa estaba segura, con la espada de su padre en las manos luchaba contra su madrastra.

Siempre la había considerado una bruja, incluso las gentes de Gea lo afirmaban. Estaba segura que enamoró a su padre con sus hechizos, hasta matarlo con su veneno.

Mijaíl, colgaba de las cadenas, con un golpe en la cabeza que le hizo perder el sentido.

—Él va a morir. —Reía Helora.

—Antes tendrás que matarme a mí. —Gritó en la tormenta de nieve.

Estaba agotada, Helora le había infligido un corte en el brazo y sangraba profusamente.

—Sea pues. —Helora soltó la espada y alzó las manos al cielo dando vueltas gritaba—. ¡A mí la tormenta!

Un rayo dio justo en la espada de su padre y lanzando a Yem al suelo. Helora cogió la espada y la puso apretando la garganta de Mijaíl.

—Si no quieres ver como le corto la cabeza, bebe esto, —le lanzó una pequeña redoma—, bebe y dormirás eternamente. ¡Bebe o le mato!

Mijaíl despertó cuando sintió el filo de la espada cortar su piel.

—¡No! —Gritó—. No le mates.

—Entonces bebe, siéntate en el trono de piedra y deja caer tu sangre virgen en el manuscrito.

Hizo lo que le decía, con manos tembloras y sin dejar de mirar a Miajil. Se sentía muy débil, sin saber porqué un miedo atroz se apoderó de ella. El fuerte viento del norte elevó el manuscrito por los airessin llegar a contener la sangre de la princesa, Hlora enfurecida por no poder reciger aquel manuscrito gritaba a Yem.

—Ahora bebe.

—¡No Yem! —Decía Mijaíl—, no lo hagas.

—¡Bebe! —Exclamó Helora.

—No lo hagas princesa. —Intentó gritar él.

—Te quiero Mijaíl. —Dijo agotada y bebió aquel veneno.

Mijaíl reunió todas su fuerzas y tirando de la argolla se soltó, corrió hacia la princesa y la tomó en su brazos.

—¡Princesa! —Intentaba abrirle la boca y hacerle vomitar el veneno—. ¡No, Yem! —La abrazó contra él—, te quier…

No terminó de decir aquellas palabras ya que Helora furiosa porque la princesa no había derramado su sangre en el manuscrito, travesó el pecho del príncipe con la espada de Yem.

En lo alto de la montaña el espíritu de Albora lanzaba un maleficio hacia Helora.

<<Que la muerte de mi nieta y su príncipe no sean en vano, te perseguirán eternamente hasta que logren su amor y con él acaben contigo>>

Cientos de años habían transcurrido y todo comenzaba de nuevo...

CAPITULO 3

MADRID, ESPAÑA.

31 de julio del año 2014.

Yem despertaba asustada, ese sueño se repetía de nuevo. Pero esta vez era mucho más claro, se veía morir y no podía remediarlo.

Muchas personas afirman, que al nacer se reencarna en nosotros otra persona. Buscan poder realizarse en el cuerpo de otro, cumplir lo que tenían dispuesto. Personas que murieron y no terminaron su función aquí, en la tierra.

Aunque parezca una locura sabía de cierto que eso era verdad. Porque lo estaba viviendo en sus propias carnes por así decirlo.

Esta era su quinta reencarnación y esperaba que fuese la última.

Sabía que su nombre es algo complicado de pronunciar, YEM-KHAY- ALF (LUZ DE HIELO) En un intento de traducción se podría decir sólo, YEM.

Nació el año 1365, en la isla de Gea.

Raro verdad, bueno aquí en Madrid, nació el día 1 de enero de 1996. Tiene 18 años, vive con sus padres en un piso en Madrid. No tiene hermanos.

Sus padres trabajan los dos en la misma oficina. Tienen un empleo tedioso, una vida aburrida, pero son felices.

Yem está terminando los estudios en el instituto   "LA ESPERANZA"

Este año irá a la universidad, quiere estudiar para no perder el tiempo. Quizá empiece Arqueología. Algo dinámico que le atrae bastante.

Sus notas en el instituto son de sobresaliente, nunca suspende, sus padres dicen que es muy inteligente. Claro está, nunca se han preocupado del porqué. Quizá estaban acostumbrados, ya que en el colegio era así.

En su otra vida, era la hija de la Reina de Gea, que dio su vida al nacer ella. Su linaje es Real y luchador. Murió cuando tenía 18 años envenenada por su madrastra. Sabía que tenía que cumplir una misión importante, tenía que acabar con algo o con alguien, pero partió hacia el otro lado sin saberlo.

Ahora vive en el cuerpo de otra, es una mujer normal, de 1'68 de estatura, pesa 48kg. Tiene un cuerpo bien proporcionado y el pelo largo, caoba oscuro. Los ojos azules y la tez clara.

No se parece en nada a sus padres; cuando les preguntan por su parecido dicen que es igual a la bisabuela de su padre. Jamás ha visto a esa mujer, cree que sus padres no saben a quien se parece en realidad.

Cuando se mira al espejo ve la muchacha de 18 años que vivía en la isla de Gea.

Comprendió que estaba en otro cuerpo de nuevo, cuando cumplió un año y empezó a entender las chorradas que le decían sus padres. Caminaba con pocos meses, hablaba y leía correctamente a los dos años, pero no dijo nada, pensó que sus padres empezarían a llevarla a médicos y la tratarían como un bicho raro. Algo que ya había vivido en otras reencarnaciones.

Lleva fingiendo ser normal 18 años. Era duro no poder decir quién es en realidad. Pero pensad ¿Quién la creería?

Ya hay bastantes locos sueltos, esperaría a que llegue el momento en el que le sea revelada la misión, la que no pudo terminar.

Mientras tanto debe vivir como una chica normal y cometer los errores de una niña de 18 años.

Luego está el pequeño problema que tiene, puede ver cosas y leer en los ojos de los demás sus intenciones. Huele el peligro.

Siente debilidad por un determinado tipo de hombre, le vuelven loca los chicos delgados, altos, luchadores en la vida real, no hace falta que sean sumamente guapos; aquí no los hay, con atractivos le vale. Si tienen los ojos verdes sobre todo y el pelo largo, ¡Já!, Son su perdición. Pero debe comportarse y no lanzarse, está mal visto, algo que no había cambiado en esos tiempos modernos.

CAPITULO 4

2 de agosto del año 2014.

Sus padres están tristes, algo normal, dentro de unas horas Yem, subirá a un avión que la llevará a la ciudad de Glasgow.

Allí estudiara Arqueología. No tiene problema con el idioma, habla el inglés correctamente. Tiene una beca completa, aunque se buscará un trabajo allí.

Esa noche tuvo un sueño, fue como una revelación.

<<Había nevado, se veía sentada en un trono de piedra, dentro de una cueva. Vestida con sus vaqueros normales y su jersey de siempre>>

No se veía en un pasado, sino en un presente. Muy cercano por cierto.

Cuando entró el avión sintió una profunda pena por sus padres. A la vez sentía un impulso hacia algo que le atraía en demasía, era saber el porqué de su existencia.

Llegó a Glasgow a las cinco de la tarde, del dos de agosto.

En cuanto se instaló en la habitación del campus llamó a sus padres. Les dijo que el vuelo había sido muy tranquilo, que se encontraba muy bien, les describió la habitación y después se despidió de ellos.

Deshizo su maleta. Guardó la ropa en el armario que se suponía que era el suyo. Hizo su cama con las sábanas nuevas que le había comprado su madre, eran de algodón algunas, otras de suave pirineo, calentitas.

Su compañera de habitación llegaría dos días después. Salió del edificio y se dirigió hacia el conserje, le preguntó por algún restaurante para cenar, le aconsejó uno no muy caro al cual iban los estudiantes, cuando la cafetería del campus estaba cerrada.

El restaurante era un McDonald's, claro está, no le resultó extraño.

Entró y pidió un menú; hamburguesa, patatas fritas y coca-cola.

Se sentó a una mesa, había bastante gente. Nadie la miraba como ocurría en Madrid. Cuando salía con sus amigas y se vestía de negro, labios oscuros al igual que la sombra de ojos, resaltando el color de su iris, no le quitaban la vista de encima sobre todo los chicos. Ahora se comía la hamburguesa por primera vez a gusto.

Volvió a su habitación, cogió el neceser y se fue al baño que era compartido por dos habitaciones. La suya y la siguiente del pasillo. Solo se podía entrar a éste por las habitaciones. Estaba acostumbrada a tener un baño para ella sola, ahora tendría que compartir la ducha con otras tres chicas.

Cansada se durmió al momento.

Se despertó sofocada, casi gritando. Ese sueño se volvía a repetir, pero esta vez veía sangre en él, a su lado había un hombre, no podía verle con claridad. Estaba colgado del techo de la cueva, su pelo le tapaba la cara. Alguien le hacía mucho daño, aquel hombre gritó su nombre ¡Yem! Fue cuando despertó.

Se sentó en la cama y miró a su alrededor. En la habitación pudo sentir como suspendido en el aire un aroma, olía a mar e hierba fresca. Cerró los ojos e inspiró hondo, guardando en sus pulmones aquel olor tan peculiar. Se tumbó de nuevo en la cama. Ese aroma flotaba a su alrededor, como si la envolviera, tranquilizándola.

Despertó por la mañana, cuando sonó la alarma del móvil.

Se sentía llena de energía. Decidió salir y conocer Glasgow.

Después de recorrer varios sitios típicos de la ciudad, entró en una especie de cafetería. Se sentó a una mesa.

Una de las camareras se le acercó. Le pidió un café con un trozo de bizcocho con pasas.

Entraron varios chicos y chicas que se sentaron a la barra del bar. Reían entre ellos, se sorprendió cuando alguien habló en español.

—Gracias llamaré más tarde. —Escuchó.

Levantó la cabeza y les miró. Algunos de ellos le resultaban conocidos, los había visto por el campus el día anterior. Se levantó para pagar su café y así poder mirarles a los ojos con disimulo y saber quién había hablado en español.

Ninguno de ellos.

Se giró para salir, alguien se tropezó con ella, el chico salía de una de las cabinas de teléfono que había dentro del Pub.

—Lo siento. —Se disculpó.

—Ha sido mi culpa. —Dijo él.

Era la misma voz que había oído antes. El muchacho recogía los libros y hojas que se habían caído al suelo.

—¿Eres español? —Preguntó.

—Sí. —Se levantó con las hojas y los libros entre sus manos.

Se quedó mirándole como una tonta, sentía que le conocía desde hacía mucho tiempo, casi dejó de respirar, pero se concentró en ser normal ante su presencia, la cual le hacía sentir lealtad.

—Me llamo Yem, soy de Madrid. —Se presentó y extendió la mano hacia él.

Le miró a los ojos y pudo ver su desconcierto. Ese chico era su prototipo de hombre, como a ella le gustaban y ahora sabía porqué.

—Hola, me llamo Mijaíl, —dijo soltando su mano temblorosa—, tengo que marcharme, ha sido un placer… Yem. —Salió del Pub.

<<El placer ha sido mío>> Pensó ella oliendo su mano.

Era aquel aroma que había inundado su habitación la noche anterior.

Salió corriendo, pero Mijaíl ya no estaba cerca. De todos modos no podía revelar quién era. Como decirle que creía que él podría ser su príncipe.

Mijaíl no quería creerlo, pero se había encontrado la chica con la que llevaba soñando tanto tiempo. Al verla había sentido una corriente eléctrica por la espalda y se quedó con las ganas de decirle quien creía que era ella. Desechó la idea, tan solo eran sueños, pero Yem era real de carne y hueso.

Él había tenido muchos sueños en los que veía a Yem, primero cuando era un bebe y después cuando se hizo una bonita adolescente. Estos sueños se hacían cada vez más intensos desde que llegó a Glasgow. Mijaíl había estudiado Historia en la Universidad de Toledo, debido a sus notas obtuvo una beca en Glasgow. Terminó la carrera y después de doctorase, aprobó las oposiciones para ser profesor en la universidad. Cuando se instaló en la habitación del campus, los sueños se hicieron casi reales. Por eso, al ver a Yem, sintió que ya la conocía y por un momento la vio como es sus sueños, como su princesa.

Al día siguiente, cuandoYem colocaba la colcha de la cama, llamaron a la puerta.

—Adelante. —Dijo.

—Buenos días. —Saludó la muchacha que entraba con una gran maleta y una mochila más grade aún.

—Hola. —La miró.

Aquella chica era enorme, le sacaba dos cabezas. Toda ella era grande y muy rubia.

—Soy Yem. —Se presentó.

—Carlota, —le dijo con acento francés—, soy de París.

—Yo vengo de Madrid. —Sonrió.

Carlota le dio dos besos en la mejilla.

—Española, me gusta, he estado en España dos años, me gusta mucho Madrid. —Decía dejando su maleta a los pies de su cama.

—Hablas bien el español, —miró sus ojos castaños <<Que poca cosa eres>> Leyó en ellos.

Después de mostrarle donde tenía sus armarios y donde estaba el baño, salió para dejarla intimidad y así ella bajaría a la cafetería a desayunar.

Los días pasaban, se comunicaba con sus padres por e-mail cada dos o tres días. Carlota era bastante habladora y simpática.

Las clases empezaron en septiembre, Carlota y ella tenían las mismas excepto la de Ingles que Yem no daba y ella sí.

Dos días después, cuando entraron a la clase de historia aquel aroma la inundó las fosas nasales hasta las papilas gustativas.

Miró al fondo de la clase, sentado en la mesa del profesor estaba Mijaíl.

Carlota y ella se sentaron en la primera fila. La clase se llenó. Mijaíl empezó a hablar en inglés.

—Buenos días, —saludó en voz alta. La clase quedó en silencio—, gracias, soy vuestro profesor de Historia, me llamo Mijaíl Nájera, podéis llamarme Mijaíl. Voy a leer la lista con vuestros nombres, por favor levantaros cuando os llame.

Después de pasar lista y claro está, decir su nombre en último lugar, guardó la hoja de papel en su carpeta.

—Si queréis hacer alguna pregunta las contestaré encantado. —Dijo sentándose de nuevo en la mesa.

—Mijaíl ¿De dónde eres? —Le preguntó una de las chicas.

—Soy español, de la provincia de Toledo. —Respondió.

—¿Llevas aquí mucho tiempo? —Quiso saber otra chica.

—En la universidad, tres años, —sonrió—, es mi primer año como profesor.

—¿Cuántos años tienes? —Preguntó otra.

—25 años, —respondió—. ¿Alguien quiere saber algo referente a esta asignatura? —Inquirió mirando a los alumnos.

—Mijaíl ¿Qué parte de la historia te gusta más? —Se atrevió a preguntarle Yem.

—Me gusta todo en la historia, pero me inclino por la parte más antigua, antes de la época medieval. —Contestó.

—Gracias —le dijo.

—De nada, —miró a la clase—, bueno ya que me habéis conocido un poco; me gustaría conoceros a mí también; por favor, quiero que redactéis en dos folios, con letra legible, lo que más os gusta de la historia. También os repartiré un test me gusta saber que nivel tienen mis alumnos.

Empezó a repartir las hojas por la parte de arriba de la clase, cuando llegó hasta Carlota y ella se quedó sin las hojas del test.

—Un momento, —les dijo acercándose a su mesa, miró dentro de su carpeta y volvió a acercarse a ellas—, lo siento, —dijo en tono bajo—, he debido contar mal, en cuanto acabe la clase iré a la sala de estudio y haré las fotocopias que os faltan. Podéis recogerlas allí cuando acabéis las clases. Gracias.

—Claro, sin problemas. —Comentó Yem en español.

Mijaíl se fue a su mesa, se sentó y empezó a escribir en un blog.

Carlota se acercó a Yem y le habló al oído.

—Es guapo. —Le susrró.

—Sí. —La miró, vio en sus ojos hambre de profesor y sonrió.

Ella tenía ganas de comérselo como la mitad de la clase, incluidos algunos chicos gay.

Acabó con su redacción. No lo repasó. Puso su verdadero nombre. Se dio cuenta cuando se lo entregaba en mano. No pudo cogerlo para corregir su error ya que otros también le daban sus escritos. Se sentó en su sitio.

Vio como él leía algunos mientras acaban los demás. Cuando llegó al suyo la miró, después pasó la punta de los dedos por encima del nombre, los retiró como sí le hubiesen quemado, incluso se miró la yema de los dedos. Volvió a posar sus ojos en ella. Tan solo durante unos segundos, luego continuó leyendo.

Le observaba, él se quitó la goma que sujetaba su pelo para volver a atárselo. Sus manos eran grandes pero finas.

Los demás alumnos que quedaban le entregaron sus trabajos.

Mijaíl se levantó.

—La clase ha terminado, gracias por asistir.

Recogió sus cosas y salió del aula entre los alumnos.

—Parece que tiene prisa el profesor. —Le comentó Carlota.

—Si, eso parece, —la miró—, quizá ha visto como le mirabas y ha salido corriendo antes de que te lo comieras. —Rio ante la expresión de su compañera.

—Bobadas, tú si que le mirabas, —le dio con el codo en el brazo—, tengo clase de inglés te pasas tú a por el test.

—Claro, en un momento me acerco. —Sonrió.

Carlota se fue en dirección contraria a la suya.

Decidió ir a su habitación y dejar los libros que ya no iba a necesitar. Un poco después entraba en la sala de profesores, allí había dos profesoras y Mijaíl.

—Hola. —Saludó.

—Hola. Enseguida te doy el test. —Le dijo.

—Puedes darme el de Carlota, ella tiene clase de inglés. —Le miró.

—Claro, ¿sois compañeras de habitación?

—Sí...

Se sentía un poco rara, no sabía porqué él desprendía aquel aroma tan atrayente para ella.

Sintió como un flash. Derrepente ante ella, veía una luz muy potente que se hacía cada vez más nítida. Consiguió ver entre la bruma a quien estaba frente a ella. <<Era él, pero muy distinto, llevaba el pelo liso como ahora, pero suelto, una cinta de cuero colgaba de una de las trenzas, desnudo de cintura para arriba, sostenía una espada. Los

pantalones de cuero se ceñían a sus piernas y a su trasero. Era la viva imagen de un guerrero de su estirpe. Sin duda era él>>

—Yem. —Le llamaba Mijaíl.

—¡Sí! —Parpadeó y el flash desapareció.

—¿Te encuentras bien? —Le preguntó.

—Estoy bien. —Respondió y respiró hondo su aroma.

—Toma los test. —Le dio los folios.

—Gracias. —Al coger los papeles su pulsó tembló.

—Yem ¿De verdad estas bien? —Hablaba en tono bajo.

—Sí, es tan solo algo de cansancio. —Bajó la mirada asintió con la cabeza y se fue.

Estar cerca de él la ponía en evidencia. Le sentía superior a ella. Tenía que averiguar quien era Mijaíl en realidad, saber si le ocurría lo mismo que a ella.

Se reunió con Carlota para comer en la cafetería del campus.

No tenía mucho apetito.

—¿Qué té pasa? —Preguntaba Carlota, cogiendo un poco de su ensalada.

—Nada, solo pensaba. —Sonrió.

—Pues come y no pienses tanto, déjalo para luego. —La miró sonriendo.

—Tenemos un montón de deberes, además del test. —Le dijo algo pensativa.

No podía quitarse de la cabeza aquella visión. Era casi imposible imaginarse así, al profesor de historia. Estaba segura de que si de algún modo pudiese verle Carlota, no dudaría en comérselo. Sonrió sin darse cuenta.

—¿Por qué te sonríes así? —Le preguntó Carlota con un poco de inquietud en la voz.

—Solo pensaba en algo que a ti te gustaría ver. —Respondió.

—¿Y qué es? —Insistió.

—Un montón de hombres pegándose por darle a un balón. —Vio en sus ojos que le gustaba el fútbol.

—Me gusta ese deporte, aunque me gusta más la lucha libre. —Objetó.

—Tenemos que estudiar, —le dijo—, acabemos de comer.

La noche no se hizo esperar, después de ducharse se acostó. El día había sido muy raro. El sueño repararía sus fuerzas.

Al cabo de un rato comenzó a soñar de nuevo, pero esta vez, no estaba en la cueva.

<<Se encontraba en una gran sala, llena de velas y candelabros. Había una mesa llena de comida. Las personas que la ocupaban le eran conocidas. Sus rostros los veía algo borrosos.

La mesa era alargada. La encabezaba un hombre grande y barbudo, llevaba una especie de corona.

Los que estaban a su alrededor parecían respetarle. A su izquierda, había una mujer, comía como si fuese esa su última cena. A su derecha, un joven; este conversaba animadamente con la chica que tenía al lado. Se apartó el pelo hacia un lado y pudo ver su cara, era él de nuevo. Pero parecía más joven, le veía menos musculoso que la última vez y el pelo lo tenía más corto.

Estaban celebrando algo, él la miró y le hizo señas para que me acercara. Anduvo hacia él algo titubeante.

—Acércate, Yem. —Sonrió.

—Deja a la niña es tímida. —Dijo el hombre barbudo.

—Pero padre, es mi prometida, —sonrió—, solo queda un año para que nos casemos. —Rio.

—Hasta entonces deberás respetarla, es una princesa y hay que acatar las leyes hijo. —Le dijo la mujer que comía deprisa.

—Lo sé madre, no pienso tocarla hasta entonces, —la miró de nuevo—, pero no va a estar siempre encerrada.

—Está bien, —dijo su padre—, puedes cenar con nosotros. —Hizo una señal con la mano y dos soldados se pusieron detrás de la princesa.

—Gracias señor. —Respondió.

Mijaíl le hizo un sitio en el banco a su lado. Cogió un plato y le sirvió un trozo de carne asada. Después la cortó.

—Come, preciosa. —Le dijo sonriendo.

—¿Qué clase de carne es esta? —Le preguntó.

—Venado, la más tierna para ti. —Le habló cerca del oído.

—Gracias. —Sonrió.

—Sabes, eres preciosa. —Se acercó más y la besó en la mejilla.

Le miró precavida, su aliento olía a vino y miel.

Un poco después de cenar la acompañó a sus aposentos.

Andaba delante de ella, alumbrando el camino con una antorcha. Se paró frente a la puerta de su dormitorio.

—Bueno preciosa, duerme bien, —dejó la antorcha colgada de la puerta—, buenas noches Yem, —la rodeó la cintura con sus manos—, sabes tengo ganas de que pase este maldito año.

—¿Por qué? —Le miró algo temerosa.

—Para que mi padre se libre del juramento que le hizo al tuyo, —la miró muy serio—, debería marcharme me espera cierta hembra, —sonrió—, que no puedo hacer esperar.

—¿Puedo saber que juramento era ese? —Preguntó separándose de él.

—¿Me vas a decir que no lo sabes? —Arqueó una ceja.

—No lo recuerdo, quizá era demasiado pequeña entonces. —Bajó la mirada.

—Ahora no tengo tiempo, —respiró hondo—, hablaremos otro día.

—Que pases buena noche. —Le miró con los ojos entre cerrados.

—Adiós Yem. —Cogió la antorcha y salió de la habitación.

<<Mijaíl, no me conoces>> Pensó.

Se quedó dormida. Esa noche soñó con su abuela; en el sueño le decía que debía volver a casa, a Gea y encontrar el manuscrito.

Despertó algo nerviosa. Salió de la habitación y se dirigió hacia la parte alta de la torre, allí podía ver casi todo el valle, el mar y al fondo aunque no podía divisarla por la oscuridad, estaba Gea>>

Despertó de aquel sueño algo confusa y lo escribió. Tardó bastante en dormirse de nuevo.

CAPITULO 5

Durante las semanas siguientes, sus encuentros con Mijaíl se podían contar con los dedos. Sabía que la evitaba, lo decían sus ojos cuando le miraba.

Terminaba el mes de noviembre, seguía escribiendo sus sueños; debía encontrar la manera de saber como llegar hasta el final, de lo que para ella era un misterio. Cada vez era más difícil saber como interpretar los sueños, pues en cada reencarnación perdía parte de los recuerdos, pero desde que había llegado a Glasgow los sueños eran más concisos y claros.

Pensó en levantarse temprano y entrar en la biblioteca, tenía que consultar los libros más antiguos de la historia.

Los encontró, pero necesitaba un permiso especial para poder leerlos y asegurarse de que sabría como tratarlos.

Miró su reloj.

Salió de la biblioteca con el permiso en la mano.

Sabía que Mijaíl salía ha correr una hora antes de las clases; el porqué lo sabía, no tenía mucha idea.

Se sentó a esperarle en la escalera de entrada a las habitaciones de los profesores.

Sintió que se acercaba ya que empezaba a oler aquel aroma.

Le vio aparecer y se levantó.

—Buenos días. —Le saludó.

—Hola Yem. ¿Qué haces aquí tan temprano? —Preguntó algo sofocado.

—Necesito que me firmes este permiso. —Le dio el papel.

—¿Por qué quieres leer estos textos? —La miró un momento.

—Necesito determinar algo que ocurrió entre el año 1358 y 1365. —Respondió.

—En clase te daré el permiso. —Concluyó.

—Mijaíl, por favor, lo necesito ahora, tengo casi una hora para poder leerlos antes de empezar las clases. —insistió.

—Está bien, ven conmigo. —Abrió la puerta de entrada.

Le siguió hasta en primer piso, abrió la segunda puerta a la derecha. Le hizo pasar a su habitación. La recorrió con la mirada; se parecía a la suya solo que con una cama grande y una mesa de despacho llena de libros y cuadernos. El ordenador portátil estaba abierto.

Mijaíl rellenó el permiso y lo firmó.

Se acercó a ella con el papel en la mano, desprendiendo aquel delicioso aroma. Cogió el papel, su mano tembló y se cayó al suelo. Se agacharon los dos al mismo tiempo para recogerlo. Quedaron cerca el uno del otro.

Su corazón estaba desbocado y pudo leer en sus ojos la confusión, sintió que necesitaba un aliciente. Sabía que lo que iba a suceder, ya lo había hecho y conocía la respuesta, si él era como el Mijaíl de sus sueños... No lo pensó y le besó en los labios.

Él la miró sorprendido, se levantaron. Mijaíl tenía el papel en su mano, lo dejó encima del escritorio.

—Yem, no vuelvas hacerlo. —Susurró.

—Lo... lo siento. —Bajó la mirada.

—Te creo, —cogió el papel y se lo dio—, por mi parte ya está olvidado, ahora será mejor que te vayas. <<Por favor, antes de que deje de verte como mí alumna>> Pensó.

—Sí. —Le miró a los ojos, ellos prometían más besos—. Gracias.

—Nos veremos en clase. —Abrió la puerta y ella se fue.

Se encontró con varias compañeras al salir del portal, ellas llegaban de correr. Dos de ellas la miraron y después sus ojos se detuviron en la ventana del cuarto de Mijaíl. Él estaba asomado y le podían ver. No le dio importancia y siguió su camino hacia la biblioteca.

Mijaíl se sentía demasiado alterado por un simple beso. Pero recordaba el roce de sus labios y lo mucho que le gustaba besarla, aunque nunca se lo dijo con palabras. Pensó que tenía que hablar con ella, aunque fuese una locura, debía intentarlo.

Yem estuvo hasta las ocho de la mañana copiando textos antiguos. Después tendría que traducirlos.

Llegó por los pelos a la clase de ciencias. Su compañera la miraba con ganas de hacerle mil preguntas. Cuando terminó la clase la abordó.

—¿Dónde has estado? —Empezó con el interrogatorio.

—En la biblioteca. —Respondió.

—He hablado con las compañeras y me han comentado que te han visto salir de madrugada... —Se acercó a ella— ...de la habitación del profesor de historia.

—Es cierto, necesitaba que me firmara un permiso, —la miró y vio que no se lo creía—. ¿Qué te han comentado?

—Veras, como sabes no es normal que se tenga relaciones con un profesor, ya que está prohibido, —sonrió—, sí es así, hazlo con algo más de disimulo.

—No tengo ninguna relación con él, —sacó el papel para que lo leyera—, mira léelo así me creerás.

—No necesito leer nada, —le devolvió el papel—, a mí me da igual, es tu reputación y su empleo. Las malas lenguas se oyen antes que las buenas, Yem procura que no vuelvan a verte, —le aconsejó—, las hay interesadas en el mismo hombre y la envidia es muy mala. No te hablo solo de las alumnas.

Salieron del aula de ciencias y anduvieron hasta la de historia.

Se sentaron en su sitios habituales.

Mijaíl estaba apoyado como de costumbre en la mesa, los miraba con los brazos cruzados.

Cuando se sentaron todos empezó a hablar.

—Buenos días. —Saludó.

—Sí, sobre todo para algunos. —Comentó riendo una de las chicas del fondo.

—Bien, como les veo muy animados, —dijo mirando su reloj—, y hoy tenemos dos horas seguidas de historia, vamos a empezar por un examen.

—Eso no es nada justo. —Se quejó uno de los chicos.

—¿Y quién te ha dicho que la vida es justa? —Respondió Mijaíl cogiendo un montón de folios—, advierto, puntúa para nota. —Empezó a repartir los exámenes.

Le dio el suyo a Yem, con una nota puesta justo al final.

<<A las seis en el café del museo>> Leyó la nota y se la guardó en el bolsillo del pantalón.

El café del museo está situado al lado del museo de Historia en el centro de la ciudad.

Entrego su examen la última, aunque había acabado la primera.

La siguiente hora la pasaron escuchándole la explicación del tema del libro de texto.

Comiendo en la cafetería como de costumbre, vio de repente en su mente a dos de las chicas que me había dicho Carlota, hablaban de Mijaíl.

Ellas se sentaron a la misma mesa que Yem y Carlota.

Sus miradas eran algo acusadoras.

Carlota, las miró con enfado.

—Si tenéis algo que decir, hacedlo. —Les dijo muy seria.

—Yem, la próxima vez que estés con un profesor asegúrate de dejarle satisfecho, el examen ha sido una patada por su parte, se le veía el enfado de lejos. —Hablaba una de las más guapas de la universidad.

—¿Tenéis algo más que decirme? —Preguntó terminando su ensalada.

—No. ¿A caso no te vas a defender de la acusación? —Le dijo la más fea de la universidad.

—No me siento acusada de nada, porque no he hecho nada. — Cogió su bandeja y la dejó en su lugar después salió de la cafetería bajo la mirada atenta de la profesora de inglés.

No sabía porque sentía peligro en aquella mujer, su mirada le era conocida. Mirada de rencor, la misma que ponía su madrastra cuando creía conveniente castigarla.

Carlota entró en la habitación algo indignada. No entendía él porqué no se defendía de aquel comentario.

Yem, recogió su ropa sucia y fue a la lavandería. Mientras esperaba que se lavara la ropa, se sentó en uno de los bancos a leer una revista, que por cierto, alguien se había dejado allí. Al cabo de un rato, sintió de nuevo el peligro cerca de ella. Cerró la revista y vio entrar a la profesora de inglés con un cesto de ropa.

La metió en una lavadora, después de ponerle el detergente se sentó junto a ella.

—Hola Yem. —Saludó.

—Hola, Diana. —La miró con precaución.

—Luz de hielo, —le llamó—, no llegarás a la luna de las nieves. —Le dijo sin más.

—¿Cómo? —Miró sus ojos, había reto en ellos <<Nadie sabe mi nombre verdadero>> Pensó.

Se levantó en el momento en que su lavadora pitaba en señal de que había terminado.

—No tengas miedo, no voy a revelar quién eres en realidad, princesa, —rio—, no me conviene que me tomen por loca.

—No soy ninguna princesa. —Recogió su ropa en la cesta.

—Sí que lo eres, no está bien que lo niegues. —Sonrió.

—No pienso escucharla. —Se dio media vuelta.

—Nos veremos Luz de hielo. —Volvió a reír.

Yem entró en su habitación algo nerviosa, en los ojos de esa mujer había maldad, le retaba a hacer algo de lo que luego se arrepentiría. Pero sentía impulsos de saber cual sería su reto y donde sucedería.

Llegó a las seis en punto al café del museo. Mijaíl esperaba sentado a la barra del bar. Llevaba puestos unos pantalones de cuero negros y una camisa morada oscura.

Se acercó a él.

—Hola. —Saludó.

—Hola, —se quedó mirándola—. ¿Me lees el pensamiento? —Preguntaba mirando su aspecto.

—No, sólo lo que puede decirme tu mirada. Y no, no te he espiado para vestirme casi igual que tú. —Respondió.

Se había puesto unos pantalones de piel fina negros y un suéter negro de lana.

—Salgamos de aquí. —Bajó de taburete.

Le siguió fuera de la cafetería. Él andaba un paso por delante de ella, cosa que le resultó normal. Anduvieron unos cien metros después él se volvió.

—Tengo un piso alquilado. —Le dijo algo confuso.

—¿No vives en el campus? —Preguntó poniéndose a su altura.

—Así es, pero no se tiene intimidad. —Respondió.

Giró en una calle y se acercó a una puerta de hierro la abrió con la llave que sacó del bolsillo, se hizo a un lado invitándola a pasar.

Entraron en un patio interior, después pasaron por un pasillo. Al fondo había una puerta. Se pararon delante de ella. Mijaíl la abrió y le dio al interruptor de la luz.

—Pasa por favor. —Dijo al lado de la puerta.

Entró en el apartamento, la luz era un poco tenue. Él cerró la puerta.

En aquel sitio hacía calor.

—Quítate el abrigo estarás más cómoda. —Comentó quitándose el suyo.

Se quitó el abrigo y él lo colgó en el perchero de la entrada junto a su cazadora.

—¿Te apetece tomar algo? —Le preguntó.

—Agua, por favor. —Pidió.

—Siéntate. —Le señaló un sofá de tela de cretona en tonos rojos.

—Gracias. —Le dijo.

—No me las des, Yem a parte del agua, ¿quieres café? —La miró.

—Si, un café estará bien. —Sonrió.

Mijaíl puso la cafetera en el fuego y sacó unos bollos.

Cuando tenía preparados los cafés se sentó a su lado.

—Te preguntarás por qué te he citado fuera del campus. —Le comentó.

—Sí. —Le miró.

—Yem, ahora no soy tu profesor, simplemente soy Mijaíl. Un hombre normal y corriente. —Le ofreció un bollo.

—Entonces yo no soy ahora tu alumna. <<¿Normal? Pero te has mirado al espejo>> —Pensó y cogió uno de los bollos que estaban rellenos de chocolate.

—Así es. —Dejó el plato encima de la mesita y cogió su café bebiendo de él.

La miró durante unos momentos sin hablar.

—De qué quieres hablarme, a no ser que me hallas invitado a merendar tan sólo. —Sonrió.

—Sabía lo que iba a ocurrir estaba mañana, no me tomes por loco, lo había soñado la noche anterior, pero en otra época, —la miró—, he soñado contigo todos los días desde que nos vimos en el Pub y me choque contigo, he tenido otros sueños diferentes donde tú apareces, —negó con la cabeza—, no sé porque últimamente los tengo a diario, antes solo de vez en cuando.

—¿Puedes decirme que es lo que sueñas? —Preguntó dejando el vaso en la mesa.

—Veras, te veo a ti, pero no eres tú, no sé si me entiendes... estás muy distinta. Manejas la espada, vistes como una guerrera de la edad antigua. Lo más confuso es que yo me veo igual, —concluyó—. ¿Crees que estoy loco?

—Cojo una espada con la empuñadura de la estirpe de GEA. —Afirmó.

—Sí, pero la espada es de tu padre. —Aseguró.

—Así es. —Le miró y vio una gran confusión.

—No lo entiendo, tú también sueñas lo mismo, —se puso de pie—, lees libros que son manuscritos, sé que están escritos en lenguas antiguas. ¿Quién eres? Al besarme esta mañana he sentido que ya te había besado antes. ¿Qué es lo que está pasando Yem? —La miraba muy serio.

—Es lo que estoy intentando averiguar, si no me tomas por loca te diré quién soy y quién puedes ser tú. —Confesó.

—Te escucho, cuéntame lo que sabes, quizá después acabemos locos los dos. Se sentó a su lado.

Le habló de todos los sueños, incluso el encuentro con la profesora de inglés. Le dijo que escribía todos sus sueños en una especie de diario, lo llevaba haciendo desde los cinco años.

Al principio Mijail no lo podía creer, sobre todo que él era un príncipe de las tierras de Ghaoland. Hijo del Rey Yerhan.

Rio cuando le contó que tuvo un sueño a los siete años, en él que le fue revelado, que estaba comprometida desde el día de su nacimiento con él. Una unión para los dos reinos. Las tierras de Ghaoland y la isla de Gea, eran prósperas y lo serían más cuando el enlace se produjera.

Eso ocurriría en la luna de las nieves, el 21 de diciembre. 11 días antes de que cumpliese los 19 años. Claro está, aquello nunca sucedió porque su muerte se produjo antes.

Mijaíl se quedó algo desconcertado. Vio en su mirada que no podía creerla.

—Yem, ¿me estas diciendo que mientras no resuelvas el misterio, morirás el 21 de diciembre y volverás a reencarnarte en otra niña? ¿La que nazca en ese momento, sin importar el lugar del mundo donde eso ocurra? —Más que preguntar casi afirmó.

—Sí, eso es, pero dentro de 150 años. —Asintió.

—¿Y qué pasará conmigo si tú mueres? —Preguntó apenado.

—Eso lo tengo que averiguar Mijaíl. —Respiró hondo.

—Me temo que compartiré tu suerte, —le acarició la mejilla—, quizá muera contigo, es algo que siento desde que te conocí, es una sensación extraña, agridulce, que me produce pesar. Me hace sentir culpable y protector hacia a ti.

Yem se levantó del sillón, se sentía mal y algo confusa por sus palabras y el aroma que emanaba de él.

—Eso no ocurrirá, no lo voy a permitir, buscaré la manera de salvarte, he de cambiar el pasado para cambiar el presente. —Le miró con lágrimas en los ojos.

—Princesa, no estás sola, te ayudaré en todo lo que pueda, —sonrió—, esto parece un juego de rol. Averiguaré quién es Diana, por lo pronto no aceptes el reto, deja que ella sola se descubra, —rio—. Dios mío, estoy hablando como si diera por echo, que soy quién dices tú. —Negó con la cabeza.

—Lo siento Mijaíl, he de marcharme.

—Te acompañaré. —Se levantó.

—No, ya hay demasiadas habladurías, las palabras corren como la llama en la paja seca, —sonrió—, te veré en clase.

—Vale. —Se acercó a ella y la besó en la mejilla.

—Mijaíl… —Ese aroma suyo la envolvía.

No lo dudó y volvió a besarle como esa mañana. Pero esta vez fue respondida. Él la abrazó contra su cuerpo y recibió el beso más apasionadamente carnal, que jamás en su nueva vida había recibido.

Un poco después la soltó, se apartó de ella con la respiración agitada. Yem se dio media vuelta y salió corriendo por el pasillo, no paró hasta llegar a la puerta de salida.

Siguió andando deprisa todo el camino, miraba hacia atrás de vez en cuando, reteniendo las ganas de volver a su lado.

Llegó a su habitación, Carlota estaba cenando con unas amigas. Eso le vino de perlas, así que se acostó y fingió que dormía profundamente cuando ella entró en la habitación. No tenía ganas de responder a sus preguntas.

Mijaíl se quedó pensando, sabía que en el fondo era una locura. No podía enamorarse de una alumna. Aunque si miraba en el fondo de su corazón, podía decir que era inevitable. Ella era la mujer que esperaba desde siempre, sentía que su princesa era real y que siempre estuvo allí. Sólo tenía que afrontar todo lo que viniera, pero sentía que lo podía hacer con Yem. Era hora de realizar sus sueños, pero esta vez se propuso hacerlo bien.

CAPÍTULO 6

Esa noche Yem tuvo sueños de nuevo. En ellos, una anciana, la cuál reconoció de nuevo como su abuela, le decía algo que no entendió al principio.

<<El príncipe no puede amanecer con ella, si lo hace ya no habrá vuelta atrás, morirás para siempre y ella habrá ganado, no permitas que le engendre un hijo, será tu fin>> Después desapareció.

Abrió los ojos, se levantó buscó su diario y escribió sus palabras.

—¿Pero quien era con la que no debía amanecer? —Se preguntó en susurros.

Como de costumbre aquel aroma a mar y hierba fresca le inundó de nuevo y se durmió profundamente.

Al día siguiente en la clase de educación física, la cual daban para mantenerse en forma, le sorprendió ver a Diana. Estaba vestida con el traje de esgrima. Se acercó a ella.

—Cámbiate Yem, veamos que sabes hacer con una espada. —La miraba con desafío.

—De acuerdo. —Aceptó.

Fue a los vestuarios a cambiarse. Carlota iba detrás de ella intentando persuadirla.

—No deberías aceptar tú no sabes nada de espadas. —Le decía en español.

—Carlota, sí sé lo que es una espada, —la miró y vio miedo por ella en sus ojos—, tranquila te prometo que no sufriré ningún daño. —Sonrió.

—Yem, todos sabemos lo que es una espada, un trozo de metal pulido y muy afilado, que si se clava puede producir la muerte. —La miraba algo desesperada.

—Confía en mí. —Le pidió.

Cinco minutos después la clase entera y otras que se habían enterado del reto ocupaban parte de la sala de esgrima.

Diana la esperaba, hacía calentamiento con la espada.

Parecía más alta y fuerte que ella; pero ahora sin tacones, eran iguales, no se podía saber muy bien quien era una o la otra, la protección de la cara y el pelo recogido lo impedían.

Se saludaron y rozaron las espadas, empezó la lucha. Diana se puso en posición. Yem imitó el gesto.

Empezó con toques ligeros, solo para tantear las ganas de su ataque. Diana no se hizo esperar, avanzó hacia ella dando fuertes mandobles contra su espada, haciéndole retroceder.

Así, entre me atacas tú y te distraigo yo, Yem empezó a cansarse, aquello no era la lucha que ella sabía. Se quitó la protección y Diana hizo lo mismo.

—¿Quieres espadas de verdad? —Dijo sonriendo Diana.

—Sí. —Respondió Yem.

Un murmullo se hizo en la sala y la gente empezó a separarse de ellas.

Se desabrochó la camisa y cogió un espadón que estaba expuesto en la pared de piedra. Vio como Carlota salía despavorida de la sala. Diana cogió otra espada parecida.

—¿Podrás con ella querida? —Rio con sorna.

—Averígualo. —Yem se puso en posición de ataque.

Diana atacó dando fuertes golpes a su espada, Yem, retrocedió sólo un paso, abrió un poco las piernas y atacó, su respuesta fue un grito tras un movimiento hostil, la hoja le pasó cerca de la garganta. Comprendió que quería a la princesa Luz de hielo. Golpeó su espadón sin parar, con rabia contenida.

La lucha de GEA le había sido enseñada. Giró con movimientos rápidos, haciendo que su adversaria perdiese el equilibrio en varias ocasiones, mellando su espada cada vez que retenía la suya. Diana se levanto con un movimiento rápido y le dio un puñetazo en la mandíbula. Yem, cayó al suelo con la espada entre sus piernas.

—¡Yem! —Exclamaron dos voces.

Se levanto deprisa y pudo ver a Carlota. Mijaíl estaba a su lado. Ella había ido a avisarle.

El ataque de Diana la pilló desprevenida y casi cae de nuevo. Aquello era a traición. Volvió a atacarla. En el momento que juntaron las empuñaduras de las espadas Diana dijo entre dientes.

—Será mío y tú morirás para siempre. —Rio.

—No pienso morir esta vez. —La empujó con todas sus fuerzas.

Las espadas se rozaron. Diana atacó de nuevo, esta vez el golpe parecía definitivo, fuerte y cruel como su mirada.

Paró su estocada haciéndose a un lado, ella se estrelló contra una pared. Aquello debía terminar, Yem se estaba hartando.

Bajo la punta de su espada al suelo, respiró hondo y cerró los ojos. Agarró la espada con las dos manos y trazó tres círculos en el suelo, al pasar la punta de la espada por el mármol salieron chispas. Pudo ver a Diana imitar su gesto, aquello le hizo sonreír, pero no esperó y se lanzo al ataque. Yem dio su último giro tan deprisa que no se dio cuenta de ello. Levantó la espada al tiempo que paraba la estocada de Diana, quedándose parada en su sitio.

Abrió los ojos y pudo ver a la profesora de inglés agarrándose la mano, y caída en el suelo. Su espada estaba al otro lado, partida en dos.

Se acercó a ella y puso la punta de la espada en su pecho, trazó una línea hasta su mentón haciendo que levantara la cara. Tenía ganas de matarla y acabar con todo.

—Yem, suelta la espada. —Ordenó Mijaíl a su lado.

—¿Te rindes? —Dijo a su adversaria ignorándole.

—Por ahora. —Hablaba entre dientes.

—Sí o no. —Insistió.

—No. —Su voz era un chillido bajo.

—Pues levanta entonces. —Retiró la espada de su mentón.

—Yem, mírame. —Exigió Mijaíl.

—Mijaíl, yo... —Dijo volviéndose hacia él, le miró a los ojos y vio su enfado. Algo en él le obligaba a rendirle obediencia.

—Dame la espada. —No dejaba de mirarla

—Como quieras. —Cogió la espada con las manos en la hoja, bajó la mirada y se la ofreció.

Mijaíl cogió la espada, comprobó que estaba bien afilada y se la pasó al maestro de esgrima que aguardaba a su lado.

—Nos veremos las caras. —Le amenazó en tono bajo Diana.

—Seguro. —Sonrió.

—Diana, el Decano quiere hablar con usted, —le dijo Mijaíl sin dejar de mirar a Yem—, y tú a mi despacho ¡Ya!

Yem dio media vuelta y salió de la sala. Le seguía un paso por detrás, vio a Carlota con lágrimas en los ojos. Se acercó a ella.

—No te preocupes estoy bien. —Quería consolarla.

—Lo siento, pero debía parar esto. —Se disculpó.

—Lo sé, gracias amiga. —La besó en la mejilla.

Continuó andando detrás de Mijaíl.

Cuando llegaron a su despacho se hizo a un lado para que pasara. Entró y se quedó en el centro de la habitación.

Mijaíl cerró la puerta con llave y se acercó a ella por detrás. En el fondo se sentía orgulloso, había visto a la princesa guerrera que veía en sus sueños. Pero estaba enfadado pues le había desobedecido.

—¿Por qué? —Preguntó enfadado.

—Me retó. —Contestó.

—Te dije que no aceptaras el reto. —Le recordó.

—Lo sé, —se volvió—, lo vi en su mirada, no pude evitarlo, —le miró—, sabía que no podía vencerme.

—Lo que he visto no era una lucha normal, tú, no luchas normal, dime ¿Qué explicación le vas a dar al Decano? —Se apoyó en la mesa—, porque ten por seguro, que te llamará para que le des tu explicación de los hechos.

—Ella empezó, al principio solo era un tanteo de esgrima, aburrido por cierto, después quiso luchar de verdad y acepte, —se acercó a él—. ¿Cómo evitarlo?

—Podía haberte herido ¿Te has visto la mandíbula? —Sonrió, pero se puso serio de nuevo.

—No, —se tocó la cara—, no parece que esté muy mal, solo se pondrá algo morado. —Respondió.

—Ya lo tienes morado Yem, —acercaba su mano hacia su cara cuando sonó el teléfono—, diga, —respondió—, sí ahora mismo, —colgó—, el Decano te espera en su despacho y quiere que te acompañe.

—Bien, no le hagamos esperar. —Sonrió.

—Yem, te ayudaré en lo posible. —Pasó una mano por su cintura y la acercó a él.

—Nos esperan. —Comentó nerviosa por esa cercanía.

—Solo serán unos momentos, necesito hacer esto. —Bajó la cabeza y la besó como el día anterior.

Su aroma la rodeó y se dejó llevar. Un poco después la soltó despacio.

—Tienes que enseñarme esa manera de luchar. —Le hablaba al oído.

—Ya lo sabes, yo misma te lo enseñé, —sonrió—, solo tienes que coger una espada, lo demás llegará solo.

—Si tú lo dices… vamos a ver al Decano. —Sonrió.

Salieron del despacho y anduvieron juntos en silencio. Se pararon ante la puerta del despacho del Decano, se miraron, respiraron hondo y Mijaíl llamó a la puerta.

—Adelante. —Se oyó una voz algo grave.

—Pasa. —Dijo Mijaíl abriendo la puerta.

El Decano se quedó mirándola, sus ojos se quedaron parados en su rostro. Sin duda el moratón llamaba la atención. Mijaíl estaba detrás de ella, dispuesto a defenderla en la medida de lo posible.

—Siéntese, —les dijo miró a Mijaíl—, antes de oír su explicación de lo ocurrido, debo pedirle disculpas señorita, —vio su sorpresa—, para nosotros es un honor contar con estudiantes como usted, mentes tan privilegiadas como la suya no se ven en muchos sitios. La profesora de inglés, la señorita Diana Stoner ha reconocido su culpabilidad en todo lo ocurrido. Claro está, ha presentado su dimisión. Esta misma tarde se irá de la universidad, en cuanto firme su carta de despido. Pero quiero que me cuente usted cómo ocurrió todo. Como comprenderá necesito saberlo, no es normal que una alumna y una profesora se reten de ese modo.

—Íbamos a empezar la clase de educación física, cuando ella se acercó a mí y me dijo que quería saber lo que podía hacer con una espada. —Le miró.

—Y usted se lo demostró. —Aseguró esbozando una sonrisa.

—Sí, así es. —Miró a Mijaíl que estaba tan sorprendido como ella.

—Señorita, por esta vez y por ser de las mejores alumnas de esta Universidad, como le he dicho antes, se puede marchar cuando quiera. Solo espero que no se vuelva a repetir; imagino que tendrá más clases que dar esta mañana. —El Decano se levanto.

—Gracias. —Yem se levantó y miró a Mijaíl.

—Te veré en clase. —Le dijo.

Asintió y salió del despacho hacia su habitación.

Allí la esperaba Carlota que estaba cambiándose de ropa.

—¿Qué tal? —Preguntó preocupada.

—Bien, ahora te cuento, en cuanto me quite esta ropa. —Sonrió.

Después de hablar con Carlota, ella también se quedó sorprendida.

Entraron en la clase de historia bajo la mirada de los demás alumnos. Algunos bromeaban referente a lo ocurrido.

Mijaíl empezó a hablar.

—Buenos días, —dijo en voz alta—, por favor sentaos.

El silencio se hizo en la clase. Todos esperaban que comentase algo de lo ocurrido en la sala de esgrima. Pero no dijo nada, tan solo se limitó a dar la clase como siempre.

Cuando acabó pasó despacio delante de ella, la miró unos momentos, los suficientes para leer en su ojos que quería verla, a solas.

Yem salió de la biblioteca sobre las seis de la tarde, no pasó por su habitación. Dio un paseo por el campus y salió dirigiéndose al apartamento de Mijaíl. Llegó a las seis y media de la tarde, ya era de noche, llovía y hacía bastante frío. Entró al patio y de allí al pasillo. Cuando estaba cerca de la puerta se paró en seco, dudó en llamar, pero ya estaba allí. Apretó el interruptor y sonaron unas campanadas.

—Un momento. —Le oyó decir.

Unos segundos después abría la puerta. Se quedó mirándola, él llevaba una toalla envuelta en sus caderas y otra en las manos.

—Hola. —Le dijo.

—Pasa hace frío, —cerró la puerta detrás de ella—. ¿Qué haces aquí? —Preguntó secándose el pelo.

—Necesito hablar contigo. —Le miró.

Su aroma le atraía como un imán, se acercó a él. Estaba muy seductor solo con aquella toalla, los músculos que escondía bajo la ropa ahora eran notables y tensos por el movimiento y el frío, era como en su pasado, ahora diríamos que está muy bueno, demasiado. Puso una mano en su pecho donde le latía el corazón.

—Sabes que estas igual que en mis sueños, —le acarició la mejilla—, suave, siempre afeitado, —se acercó más a él y respiró hondo su aroma—, tu olor, siempre hueles igual. A mar e hierba fresca.

—Yem... —Dijo sonriendo.

Lió su mano en un mechón de su pelo haciendo que bajara su cabeza y le besó en los labios, le deseaba como tantas veces en el pasado. Pero el Mijaíl que respondía a sus besos y la estrechaba contra él en esos momentos, no era como el de su pasado, no la rechazaba. El Mijaíl del presente podría llegar a quererla si se lo proponía.

Unos minutos después se separó de ella, sin soltarla.

—Yem ¿Hasta dónde llegué contigo en el pasado? —Preguntó cerca de sus labios.

—Nunca llegaste lejos, más o menos como ahora, —se separó de él—, me rechazabas casi siempre, no me querías.

—Voy a vestirme, no tardo, quiero que sigas contándome cosas del pasado. —Hablaba serio, la confusión volvía a sus ojos.

Se sentó en el sofá. Encima de la mesa había varias cartas y unos paquetes sin abrir, estaban dirigidos a la universidad pero a nombre Mijail.

Él salió de la habitación, se había puesto un pantalón vaquero y un suéter verde oscuro como sus ojos.

—Háblame, dime porqué te rechazaba. —Decía sacando dos latas de té y sirviéndolas en unos vasos.

—Bueno, no todo era culpa tuya, te comprometieron con un bebe cuando tenías siete años, —sonrió—, era lógico que estuvieras algo contrariado y que lo pagaras conmigo.

—¿Con un bebe? —Se sentó a su lado.

—No recuerdo mucho de esa edad, me acuerdo más de ti a partir de que cumplí los 10 años, —bebió del té—, tú eras un hombre de 17 años, al que obligaban a asistir a mi cumpleaños.

—Cuéntame desde tus 10 años. —Se acomodó en el sillón.

—Recuerdo que ese día hacía mucho frío. Cuando llegaste con tu padre, yo estaba entrenando con el mío.

—¿Te entrenaba tu padre? —Se extrañó.

—Sí. No tenía ningún hermano mayor que me protegiera y a ti, solo te veía una vez al año. El 1 de enero, un sacrificio para ti. —Sonrió.

—Creo que en el pasado era un imbécil redomado.

—No, eras mandón y creído. Sólo sabías recordarme una cosa, —imitó su voz—, cuando seas mi mujer harás solo lo que yo te pida y te advierto que soy muy exigente con mis mujeres, andarás un paso detrás de mí, comerás cuando yo coma y compartirás mi lecho cuando yo lo crea oportuno.

—Se podía hacer eso con tu mujer, aunque lo he leído en la historia, no podía creérmelo. —La miró desconfiando de sus palabras.

—Sí se podía, incluso dejarme sin comer, ni beber, sí así lo decidía mi esposo. Te debía obediencia desde la cuna, —sonrió—, si para ti era duro estar comprometido con una niña, imagínate como lo debía estar yo sabiendo que no podía decirte que no, tan solo asentir y obedecer tus mandatos.

—¿Qué te mandaba? —Preguntó atento.

—Limpiar tus pertenencias, lavar tu ropa, tus botas de montar, hacer tu cama, —le miró—, no era ese mi cometido ya que era una princesa, pero yo siempre he sido rebelde, tú creías que haciendo aquello me someterías. —Rio.

—Deduzco que lo llevaba negro. —Sonrió.

—Sí, —rio de nuevo—, siempre me las apañaba para desobedecerte y hacerte alguna trastada por así decirlo.

—Bueno, en clase cuando te miro algunas veces estas un poco ausente, como si estuvieras tramando algo, imaginando lo que ocurriría si lo llevaras a cabo. —La miró arqueando una ceja.

—Ese gesto que acabas de hacer, no ha cambiado en ti, —bajó la mirada—, cuando cumplí los 15 años llegaste con tu padre, él preguntó por mí y mi madrastra dijo que estaba haciendo el trabajo del chico de los establos. Tu padre te mandó a buscarme. Yo limpiaba a mi caballo, tenía recogidas las faldas para no mojarlas, en aquellos días mi padre me obligaba a vestir como una mujer. Te descubrí mirándome desde la puerta, me sorprendió lo mucho que habías crecido, di sin querer al caballo este se asustó y me tiró al suelo encima de la paja mojada. Yo esperaba que te rieras; no lo hiciste, me ayudaste a levantarme y a quitarme la paja pegada por el cuerpo, —le miró—, no sé lo que pasó, pero un segundo después nos estábamos besando, —sonrió—, me llamaste princesa. En un momento estábamos tumbados en el heno. Nos besábamos como posesos, —rio—, al menos tú lo parecías. Te paraste y me miraste. Vi en tus ojos la confusión, te dije que te quería y que me hicieras tuya, tu mujer. Sonreíste y volviste a besarme, acariciarme. Me estabas volviendo loca y tú estabas muy excitado, —le miró—. Te lo puedo asegurar. Pero de repente paraste y te levantaste de encima mío, me diste la mano y la cogí para levantarme. Te pregunté el porqué de tu reacción y me respondiste que solo las mujeres que cobraban sus favores hablaban y actuaban así. <<Eres una princesa, no deberías dejarte convencer por unos cuantos besos. Ve y vístete como es debido para reunirte con tu prometido, por mi parte esto ya está olvidado>> Salí corriendo del establo y no volví a verte hasta que cumplí los 16 años, todo esto lo soñe una noche.

—Lo siento Yem, en esta época nunca te trataría mal. Si me pidieras que te hiciera el amor o surgiera en un momento dado, me sentiría especial. —Alegó.

—¿Especial? —Sonrió.

—Sí. Tú eres especial y sería un honor hacerte mi mujer en todos los sentidos. Es más si me das la oportunidad reparará todas las ofensas del pasado. —Hablaba convencido, como el príncipe que era.

—Seguro, —se acercó a él—, no sé porque hueles así, anulas mis defensas.

—Pues deja de olerme, —rio—, tenemos un problema. Diana ahora está fuera de nuestro alcance. ¿No sabes quién puede ser?

—Helora, mi madrastra, —respondió—, ella sabe la lucha de Gea. Mi padre se la enseñó.

—Entonces estas en peligro Yem, ahora puede hacer lo que quiera contra ti. ¿Pero por qué quiere matarte? —Se levantó del sofá.

—Eso es lo que quiero averiguar, —contestó—, en las diferentes reencarnaciones se han perdido muchos de mis recuerdos.

—Estos paquetes son dos libros que he pedido a la biblioteca nacional, están relacionados con el tema que buscas. Tienes dos semanas para leerlos, después la universidad los tiene que devolver. Intactos. —Le acercó los textos.

—¿No me los puedo llevar? —Le miró.

—No, de aquí no pueden salir, son muy valiosos y me da que Diana puede estarlos buscando tanto como tú, —le dio una llave—, toma, así podrás venir y entrar aunque yo no esté. Mientras investigaré todo lo que pueda en otras bibliotecas.

—Gracias. —Abrió un paquete.

El libro era un verdadero manuscrito, pesaba demasiado, las hojas era algo gruesas, desgastadas por el tiempo. El segundo libro la gustó más aún, trataba sobre la isla de Gea. Incluso había un pequeño mapa del castillo. Se le llenaron los ojos de lágrimas y la temblaron las manos al tocar el dibujo. Echaba tanto de menos su casa, su tierra.

—¿Estás bien? —Le preguntó Mijaíl.

—Sí, es emoción, —le miró—, es mi hogar, aquí nací y morí. En este castillo debería de haberme casado y criado a mis hijos. Aquí... —Rozó con el dedo el nombre del castillo—, vi morir a mi padre, —respiró hondo—, los soldados que servían a Helora intentaron matarme.

—Pero en el castillo teníais más soldados. —Le dijo cruzándose de brazos.

—Estaban haciendo maniobras en alta mar, como lo llamamos ahora, los pocos que se quedaron fueron asesinados. Mandé a un mensajero para que os avisaran, —se limpió las lágrimas—, cuando llegaste, se había puesto el sol y estaba acorralada por los dos soldados, uno me había herido en la pierna y sangraba mucho. Me quité a otro del medio, el que quedaba lo mataste tú. Yo estaba tan nerviosa que te ataqué sin querer.

—Luché contigo. —La miraba fijamente, como si recordara algo.

—Y no paré de darle golpes a tu espada hasta que me llamaste por mi nombre. <<Luz de Hielo>> gritaste. Dejé caer la espada y caí de rodillas, temblando de miedo y frío, creo que perdí la consciencia.

—Te cogí en brazos y te lleve a tu habitación. Después de curarte la herida tuviste fiebre durante tres días y tres noches. Estuve en tu cuarto hasta que despertaste. Helora había huido. Dimos paz a tu padre mientras tu dormías por la fiebre, esa fue la única hora que dejé tu cuarto. Sabía que así te protegería de cualquier otro ataque. — Hablaba como si lo estuviese viviendo.

—¿Por qué lo hiciste? —Aquello no lo recordaba.

—Me impresionó mucho ver como te defendías y me dolió lo indefensa que estabas al mismo tiempo. Me prometí a mí mismo que no te volverían a tocar y me propuse protegerte hasta que te repusieras de tu herida y poder llevarte a mi castillo. Allí estarías a salvo, —se acercó a ella y la abrazó—, me obligué a conocerte, intenté convencerme de que así, por lo menos, sería más llevadero ya que no me quedaba otra que casarme contigo.

—Lo sé, pero eso es solo el pasado. Ya no tienes ninguna obligación conmigo, —aspiró de nuevo su aroma—. Ahora he de irme.

—Adiós, —la acompañó a la puerta—, espera pensándolo mejor cojo el abrigo y te acompaño, llueve, te llevaré en el coche.

—No hace falta. —Le miró.

—Yem, ¿tengo que ordenártelo? —Habló molesto.

—No. —Le miró.

—Bien, cierra la puerta ahora nos vamos.

Entró en su habitación, se puso las botas y el abrigo. Cogió las llaves del coche y abrió la puerta de nuevo, la miró serio y salieron los dos del apartameto.

Mijaíl tenía un coche pequeño, un utilitario. Por el camino no hablaron, tan sólo se miraban de cuando en cuando. Yem veía en su mirada que estaba arrepentido de muchas cosas, entre ellas de haberla hablado así hacía unos momentos.

Cuando llegaron al campus aparcó el coche.

—Yem, siento haberte hablado así. —Se disculpó.

—Lo sé, llevabas razón llueve mucho, —le miró—, hasta mañana.

—¿Quieres pasar el fin de semana conmigo? —Decía mientras le desabrochaba el cinturón de seguridad—, podríamos revisar los textos, sin prisas. —Sonrió.

—¿A que hora?

—Cuando te apetezca, —miró su reloj—, ahora he de hacer algo antes de que sea más tarde. —La miró a los ojos.

Yem vio en ellos determinación y ansiedad.

Puso una mano en su nuca y le acercó más a ella, pero fue él quien la besó.

Salió del coche a duras penas, entre sus besos y su aroma, podía asegurar que no le dejaría marchar.

Llegó a su habitación, allí estaba Carlota, algo seria por cierto.

—Hola. ¿Que tal tu día? —Preguntó quitándose la cazadora algo mojada.

—No tan apasionante como el tuyo. —La miró negando con la cabeza.

—Estás enfadada conmigo. —Aseguró.

—Yem, es un profesor te lleva no sé cuántos años y... —La interrumpió.

—Me lleva siete años, no son tantos, le he visto fuera del campus y es mi príncipe. —Sonrió.

—Claro, todas queremos el príncipe que nos gustaría tener, eso son solo cuentos, —sonrió—, te has enamorado de él y apenas le conoces. —Negó con la cabeza.

—Y si te dijera que sí, que le quiero, que le conozco desde hace varios siglos. —Rio y se tumbó en su cama.

—Vamos Yem, pareces una princesa que acaba de besar al sapo.

—No sabes cuánta razón que tienes.

Carlota rio con ella. En verdad estaba en lo cierto, menos en lo del sapo.

Un poco después se fueron a cenar al MacDonald's.

Mientras tanto en su apartamento Mijaíl le daba vueltas a la cabeza, ella sola no podía resolver el misterio. Sabía que era fuerte pero necesitaría de su ayuda, además, Yem le atraía demasiado, ninguna chica le había echo sentirse bien y menos temblar con sólo una mirada. Sonrió al recordar sus palabras << Cambiar el presente, para cambiar el pasado>> Tubo una idea, tan sólo descolgó el teléfono y la puso en práctica. Después se conectó a internet, tenía que entrar en los archivos de los alumnos de la universidad, necesitaba datos concretos de Yem.

Cerca de la tres de la madrugada como siempre los sueños se hacían más nítidos. Se disipaba esa neblina que los cubría al principio y veía las cosas más claras. <<Pudo ver un manuscrito, estaba en una casa cerca del campus, custodiado por dos velas, veía tan cerca la llama de estas que tenía miedo de que terminaran quemándolo. Una imagen que no pudo definir si era hombre o mujer, pasó delante del manuscrito, oyó unas risas, eran de Helora, estaba segura>>

Se despertó helada de frío. El manuscrito que tenia Diana era algo importante, por eso había accedido a marcharse tan rápido y admitiendo su culpa ante todo lo ocurrido.

¿Cómo iba a entrar en casa de Diana? En un momento dado eso era lo de menos, primero debía saber donde vivía.

Se levantó de la cama y se vistió sin hacer ruido.

Salió de la residencia y entró en el edificio central; allí estaba la oficina de secretaría, seguro que tendrían la dirección de Diana.

Fue sencillo forzar los ficheros, buscó en varios. Por fin encontró lo que buscaba. Escribió la dirección en su mano y dejó todo como estaba.

Se había vestido toda de negro, así se ocultaría mejor en la oscuridad. Emprendió camino a la sala de esgrima; por si acaso, solo por eso, cogió una espada, la misma con la que luchó contra ella.

La calle era bastante estrecha y empedrada. Había una especie de patio exterior de piedra, dando al final de la calle y cortando ésta, quedando así sin salida. La valla de piedra medían unos tres metros de altura, aquello se podía considerar una trampa y había caído en ella.

Dos columnas de piedra en ruinas estaban en medio del patio.

Ella había envuelto un poco la espada con su cazadora. Olió el peligro casi al instante en que soltaba la cazadora en el suelo y dejaba la espada al descubierto. Oyó en medio del sonido de la lluvia unos pasos. Alguien intentaba esconderse sin hacer ruido, pero por su pisada dedujo que era más grande o por lo menos pesaba más.

Se recostó en una de las columnas y aguantó la respiración, escuchando así la de la otra persona. Le tenía justo detrás de ella. Respiró hondo y sus pulmones se llenaron del aroma de Mijaíl.

Un rayó atravesó el cielo y un trueno hizo temblar el suelo. Se volvió deprisa, puso la punta de la espada en su garganta, él iba desarmado.

—¡Yem! —Exclamo.

—¡Chis! —Le tapó la boca con la mano y se acercó a él— ¿Qué haces aquí? —Le soltó para que hablara.

—Puedo preguntar lo mismo y añadir con una espada. —Le dijo separándola de su garganta.

—Tuve un sueño, Diana tiene un manuscrito. —Le comentó.

—Lo tiene entre dos velas, yo también lo he visto. No te muevas hay alguien más con nosotros. —Susurró.

—Hace rato que olí el peligro, proviene de esa puerta. —Señaló con la mano.

—Mijaíl, creía que eras más inteligente, —sonó con eco la voz de Helora—. Tú, Yem, has caído en la trampa. Voy a matarle, él está desarmado.

—Ya no. —Puso la espada en las manos de Mijaíl.

—Eres increíble darás otra vez la vida por él, morirás de nuevo virgen. —Desenvainó su espada.

—¿Y quién te ha dicho que es virgen? —Añadió Mijaíl al tiempo que la ponía detrás de él y adoptaba la posición de ataque, algo sorprendido por cierto.

—La huelo, es virgen príncipe. —Lanzó un mandoble contra él.

—¿Acaso has metido tus narices entre sus bragas?

Yem rió ante aquellas palabras dignas del Mijaíl del pasado. Su risa le contagió a él.

Helora siguió atacando. Se callo al instante. La oscuridad era densa.

—Háblame Yem, necesito saber que respiras. —Le dijo sofocado.

—Estoy a tu espalda, acuérdate de la lucha de lucha de Gea, por lo que más quieras, ella está luchando así. ¡Cuidado! —La espada de Helora le rozó en el pecho rasgando su suéter de Mijaíl.

—Yem, necesito que me guíes. —Dijo cerca de ella.

—Vale, empuña la espada con las dos manos, concéntrate. —Fue de nuevo atacado.

No podía luchar y protegerla al mismo tiempo. Este último ataque duró más. Helora estaba dispuesta acabar con ellos.

—Yem, a mi espalda que te sienta.

—Olvídate de mí, ese es el error, lucha solo es la única forma de no morir los dos, —le dijo—, ahora cierra los ojos y crea tres círculos a tu alrededor. Cada vez más deprisa créeme la sentirás llegar y la vencerás, ¡Ahora! —Exclamó.

Se separó unos centímetros de él. Las chipas iluminaron el suelo al rozar el acero contra la piedra. Otro círculo se iluminó a lo lejos.

Pudo ver la punta de la espada de Mijaíl casi incandescente. Se paró de repente, dio un giro con la espada en alto, bajó la cabeza y la estocada partió en dos la espada de Helora. Ésta cayó al suelo con las manos llenas de sangre. Mijaíl se quedó en posición de ataque con los ojos abiertos. Había sangre en su brazo. Su respiración era agitada.

—Romperé el manuscrito justo un día antes. —Gritó.

Helora salió corriendo en la oscuridad, apenas les dio tiempo a reaccionar.

Mijaíl apoyó la punta de la espada en el suelo y se volvió buscándola.

—Yem ¿Estas bien? —Preguntó sofocado.

—Sí. —Le abrazó.

Soltó la espada y la apretó contra él.

—Tenía miedo por ti. No creía que fuese capaz de defenderte, gracias, —la besó en la cabeza—, mi princesa. —La miró y esta vez el beso fue más efusivo.

CAPÍTULO 7

La tormenta iluminaba el cielo y la lluvia torrencial los empapaba. Era algo que ignoraron durante un rato.

Mijaíl se sentía algo excitado por la pelea y por haber podido defenderla de Helora, era la primera vez que luchaba junto a ella. Estaba seguro que entre los dos podrían cambiar las cosas y no morir de nuevo.

—¿Sabes que tenemos un problema? —Le dijo.

—¿Cuál? El que seas virgen tiene una sencilla solución. —Añadió muy pagado de sí mismo.

—No me refería a eso, —levantó su mano derecha—, tienes una herida en el brazo y sangra demasiado.

—Sí, quizá deberían darme unos puntos. —Se miró el corte.

—Vamos, será mejor que te curen.

Fueron al hospital, allí dijeron que se había cortado con un hierro que salía de una de las paredes de un granero.

Le dieron diez puntos de sutura. Y le vendaron el brazo. Debía curarse los puntos a diario y volver a los diez días para quitárselos.

Era ya casi de día cuando la dejaba de nuevo en la puerta de la residencia del campus.

—Te veré más tarde. —Le dijo abriendo la puerta del coche.

—Si, cuando quieras y Yem, tráete el diario donde escribes tus sueños.

—De acuerdo.

Cuando entró en su habitación Carlota dormía, eran las cinco de la madrugada.

Se duchó y se secó el pelo sin el secador. Después se acostó, estaba cansada.

Lo poco que durmió se lo pasó soñando.

<<Volvía a estar de nuevo en la cueva, Mijaíl colgaba de una cadena, y la sangre no era de él podía ver que era la suya. Con la claridad del día, una neblina se levantó y vio a su abuela de nuevo.

—Yem, en el pasado todo era sabido, en el presente puede ser sorprendido, el amor no marca diferencias en el tiempo y él es el único capaz de vencer, haz lo que no espera de ti, muéstraselo y abrás acabado tu misión>>

Volvió la luz cegadora del sol sobre el hielo y de nuevo el aroma a mar e hierba fresca, con él la tranquilidad y el sueño.

La despertó Carlota con su móvil en la mano.

—Yem, te llaman tus padres. —Le decía zarandeándola.

—¡Que! —Despertó sorprendida.

—Te llaman cielo. —Le dio el móvil.

—Sí. —Dijo adormilada.

—Yem, cariño. —Oyó a su madre.

—¡Mama! ¿Que tal? —Sonrió.

—Muy bien ¿Y tú como vas hija?

—Bien, bueno hoy no he madrugado, es sábado.

—Cariño, te llamo tan temprano porque luego nos vamos de boda.

—Eso está bien, divertiros mucho. ¿Has recibido mi carta?

—Sí, claro, y nos hizo mucha ilusión, escribe más a menudo, té contestaremos enseguida. —Reía.

—De acuerdo.

—Un beso muy fuerte hija, tu padre te manda un abrazo.

—Un beso muy grande para los dos.

—Recibido, cuídate mucho cielo.

—Lo haré mama. —Colgó.

Dejó el móvil en la mesita y se volvió a tumbar. La voz de su madre era muy alegre, ella siempre se emocionaba cuando hablaban, pero esta vez estaba efusiva. Eran las nueve de la mañana, podía dormir hasta las once por lo menos. Pero recordó el sueño y se puso a escribirlo. Miró a Carlota que se había puesto el chándal y se disponía a salir a hacer futing.

Narró el sueño como lo vivió, dejando en interrogante lo que tenía que averiguar o por lo menos deducir correctamente. Después lo guardó en su mochila.

Sintió como un escalofrío y salió de la cama. Se vistió con pereza. Un poco después bajó a desayunar a la cafetería.

Se sentó a una mesa con un café y un trozo de bizcocho de chocolate. Pasó delante de ella un muchacho y soltó encima de su mesa un papel doblado en dos.

—Oye, —le llamó—, se te ha caído esto. —Le dijo con el papel en la mano.

—No, es para ti. —Contestó.

—¿Quién te lo ha dado? —Preguntó desdoblando la hoja de papel.

—No lo sé. —Intentó marcharse pero le agarró de la manga del suéter.

—Espera, —leyó la nota—. <<Recuerda, romperé el pergamino un día antes y morirás para siempre>> Miró al muchacho que estaba un poco asustado— ¿Quién te ha dado esto? —Le acercó a ella.

—No puedo decirlo. —La miró algo temeroso.

—Vamos chico, habla o te juro que lo pagaras tú. —Le amenazó.

—Era una mujer, por favor no digas nada, creo que es la profesora de inglés, —susurró—, ahora suéltame me haces daño.

Le dejó marchar y volvió a leer la nota. Pagó el desayuno que no se había tomado y se fue a casa de Mijaíl. Cuando llegó abrió la puerta con la lleve que él le dio.

Entró despacio, la casa estaba casi a oscuras. Vio a Mijaíl durmiendo en el sofá con un libro entre los brazos. Cuando intentó quitárselo se despertó algo sorprendido.

—Buenos días. —Sonrió.

—¿Por qué llegas tan temprano? Siempre has sido un incordio. —Se pasó una mano por la cara.

—Te aguantas, —le miró—. Te recuerdo que has sido tú el que me ha invitado el fin de semana.

—Pero no tan pronto. —Dejó el libro en la mesa.

—<<Cuando te apetezca>>, fueron tus palabras. —Le recriminó.

—Me duele la cabeza no tengo ganas de discutir.

—Pues me voy, —se acercó a la puerta—, que te zurzan. —La abrió.

—Pues adiós. —Se apoyó en la puerta esperando a que saliera.

—Despierta, todavía estás dormido. —Cerró de un portazo.

Cuando se levantaba así en su castillo, ella procuraba no verle en todo el día.

Decidió ir a la dirección de la madrugada pasada. Recordaba la puerta que había cerca del patio.

Llamó, pero no hubo respuesta. Miró a su alrededor, no quería que la viese nadie forzar la cerradura con la tarjeta de la biblioteca de la universidad.

En dos intentos la puerta se abrió.

La empujó despacio, solo se veía una tenue luz. Entró lentamente; había un pasillo dos puertas a la derecha y una puerta a la izquierda. Cerró la puerta de la calle y abrió una de las puertas de la derecha. Dentro había una especie de pedestal, allí estaban las dos velas que vio en su sueño.

Recorrió las demás habitaciones, estaban vacías. Le llamó la atención un block de notas al lado del teléfono. Pasó los dedos por la hoja, se podía percibir que cuando escribió, se quedó marcado en la hoja. La arrancó. Volvió a mirar por la casa y salió.

Entró en una cafetería, pidió un cappuccino y un lapicero. Pasó con cuidado el lápiz por encima de la hoja, solo sombreando, allí estaban las palabras. <<Entre Durness y la isla de Mailand, 50km al Noroeste>>

Salió de la cafetería, tenía que averiguar cual era el itinerario de su viaje. Buscaría en Internet como llegar a Durness y desde allí a la Isla de Mainland. Iba cruzar una calle cuando un coche le pitó. Se volvió, era Mijaíl. Paró delante de ella.

—Entra por favor. —Dijo abriendo la puerta desde dentro.

—¿Se te ha pasado el mal humor? —Inquirió sentándose en el coche.

—Lo siento, no sé porque me he despertado así. —Arrancó de nuevo.

—A mí no me pilla de sorpresa, ya te conozco. —Sonrió.

—¿Por qué te has ido entonces? —Preguntó.

—Porque así no te aguanto. —Le respondió.

—¿Dónde estabas? Estoy buscándote desde que te has ido. —La miró.

—He ido a casa de Helora...

—Sola, podrías esperarte, pones tú vida en peligro. —Dijo algo serio.

Metió el coche en el parking de un centro comercial. Paró el motor y apagó las luces, después se quitó el cinturón de seguridad. Salió del coche y se sentó en la parte de atrás.

—Ven Luz de Hielo.

—¿A dónde? —Le miró.

—Aquí. —Sonrió palmeando el asiento a su lado.

Leyó sus intenciones en su mirada y le siguió el juego. Pasó entre los asientos y se sentó ahorcajas encima de él.

Mijaíl se acomodó en el asiento, después la soltó la coleta.

—¿A gusto mi señor? —Bromeó.

—Sí, ahora dime, qué es lo que has encontrado en casa de Diana. —Hablaba enredando un mechón de su pelo en su mano.

—Se ha ido a Durness, —aspiró su aroma—, quiere encontrar Gea.

—¿Gea? Hace siglos que está bajo el mar como las tierras de Ghaoland. —La atrajo hacia él y la besó en el cuello.

—Pero creo que sabe donde puede estar, en la nota pone a 50km al Noroeste de la Isla de Mainland, —le separó de ella—, escúchame.

—Te estoy escuchando Yem. —Sonrió.

—Mijaíl, se ha ido, debemos seguirla. —Le miró seria.

—Yem, hay algo con lo que no cuenta. —Le soltó el pelo.

—Explícate, por favor. —Le miró y vio regocijo.

—Verás, ella ha mencionado que diste tu vida por mí y que eras virgen, si todo eso cambiara en un presente no podría hacerte daño en el pasado. —Aseguró.

—En el sueño que tuve a noche, mi abuela decía que el amor puede vencer y que haga lo que no se espera de mí. —Bajo la mirada.

Mijaíl la sentó a su lado, después se cruzo de brazos y la miró pensativo.

—Lo que no se espera de ti. —Repitió.

—Así es, —continuaba con la mirada baja—, creo que he de someterme a ti y no escapar como lo hice.

—Te escapaste del castillo, —negó con la cabeza—, justo unas horas antes de la boda.

—No podía casarme y someterme a un hombre que no me quería y del que estaba enamorada, —le miró—, ¿cómo crees que iba aguantar ver como metías a otras en la cama? Sabía que solo te acostarías la noche de bodas conmigo, cumplirías con el compromiso de esposo y me dejarías a un lado. —Le reprochó.

—¿Por qué estabas tan segura? —Resopló.

—Porque ya lo hacías siendo mi prometido. En los meses que estuve en tu castillo lo pude comprobar. Solo me besabas cuando me acompañabas a mi habitación, para hacer tiempo. —Le dolía recordar aquello.

—Lo siento, —la miró arrepentido—, el pasado no lo puedo cambiar. Ahora debemos concentrarnos en Helora, como tú decías se ha ido. —Intentó cambiar de tema.

—Sí, eso es lo que he dicho. —Respiró hondo no quería llorar.

—Yem ¿Ahora sientes lo mismo por mí?

Su pregunta la pilló desarmada, el recuerdo del pasado, su aroma y la cercanía la apabullaban.

—Sí. —Respondió en un susurro.

—Me siento muy honrado, pero Yem ¿Me lo dijiste antes, en alguna ocasión?

—Cuando cumplí lo quince años, después no me diste más ocasiones, solo me vigilabas de lejos, —miró por la ventanilla del coche—, podía sentir tu mirada clavada en mi espalda, sentía rencor en ti. Siempre me mirabas muy serio, solo sonreías cuando estaba tu padre cerca.

—Y si te dijera que confundías el enfado con el deseo, —sonrío—, tenía que reprimir las ganas de estar contigo, tenía que esperar a que te casaras conmigo. Por eso me divertía con otras. Aunque te puedo asegurar que no fueron tantas. Cuando había fiestas en el castillo incluso los soldados más leales podían ser peligros, me pasaba la noche haciendo guardia en la puerta de tu habitación, sabía que así los hombres que iban en busca de mujeres pasarían de largo. Si hacía eso era porque sentía algo por ti, aunque solo fuera un poco de aprecio. Creo que si nos hubiésemos casado, ese aprecio se habría convertido en amor. —Confesó.

Yem salió del coche echa una furia, no podía ser lo que estaba oyendo, empezó a andar en dirección a la salida.

Mijaíl corrió tras ella.

—Espera Yem.

—No quiero. —Le gritó.

—No seas niña. —La regañó.

—¡Que no sea niña! —Exclamó—. ¡Qué no sea niña! —Se acercó a él—, morí por ti, —le empujó—. Di mi vida por ti, pensando que no me querías, —se limpió las lágrimas—, tu maldito orgullo me hacía daño. —Volvió a empujarle.

—Yem, —le sujetó las manos—, cómo crees que me sentía, estaba atado con las cadenas, te grité que no lo hicieras, el sacrificio no merecía la pena, tu sangre no dejaba de caer al suelo. Te bebiste el veneno sin mirarme, —la abrazó contra él—, no sabes lo duro que fue verte morir y no poder hacer nada, maldije mi existencia mil veces. Logré soltarme y corrí a tu lado. Pensaba hacerte vomitar aquel líquido, te abracé contra mí y comprendí lo que sentía, iba a decirte que te quería cuando Helora me atravesó el pecho con tu espada, las palabras se quedaron en mi garganta y ya no puedo recordar nada más. —Se quedó sorprendido por aquellas palabras que acababa de pronunciar, pues estaba recordando en ese momento lo ocurrido en el pasado.

Yem no podía dejar de llorar, sus palabras le hacían tanto daño como el veneno que se tomó. Él había muerto en el mismo momento que ella y para colmo la quería, su príncipe la quería.

—Todo esto, va a volver a ocurrir. —Le dijo entre sollozos.

—No mi princesa, —se limpió las lágrimas y después hizo lo mismo con las de ella—. Te quiero, Helora no cuenta con eso, —rio—. Dios mío, he tardado siglos en decírtelo. ¿Podrás perdonarme?

—Mijaíl, —espiró su aroma y se sintió más tranquila—, no guardo ningún rencor al pasado. No hay nada que perdonar. Volvería a derramar mí sangre por ti.

—No creo que ocurra de nuevo y si así fuera no servirá de nada a Helora, porque tu sangre ya no será virgen, te lo prometo, —la besó—, vamos a mi casa.

De camino tan solo se miraron de vez en cuando, se sonreían tímidamente.

Llegaron a su apartamento, él cerró la puerta con llave.

—Yem, quítate el abrigo, tengo puesta la calefacción. —Hablaba entrando en la cocina.

—Mijaíl ¿Y los libros? —Preguntó.

—Están en la caja fuerte. —Respondió desde la cocina.

Se quedó en el comedor y se acercó a la ventana. El la parte de atrás del edificio había un parque, ahora vacío ya que volvía a llover de nuevo.

—Toma, es chocolate caliente. —Le dijo sonriendo.

—Gracias, me apetece, —cogió la taza y se sentó en el sofá—. ¿Tu no vas a tomar chocolate?

—Sí ahora. —Se sentó a su lado mirándola y sonriendo.

—¿Por qué me miras así? —Le preguntó y bebió chocolate.

—¿Y como te miro? —Rio.

—Vale, te ríes de mí. —Bebió.

—Dame chocolate, —ella le acercó la taza—, no, así no.

La besó saboreando el sabor del cacao de su boca. Un poco después se separó de ella.

Yem dejó la taza encima de la mesa y se mojó el dedo índice con chocolate. Pasó el dedo por los labios de él y después le besó, comiéndose el chocolate.

Mijaíl la abrazó contra él, no podía creer que en el pasado se negara el placer de estar con ella, de esconderle sus sentimientos.

Estuvieron besándose durante un buen rato.

—Yem, —rio cuando le desabrochó la camisa—, cielo escúchame.

—Te escucho. —Decía mientras le besaba por el pecho.

—Tenemos que hacer esto bien. —Sonrió.

—¿Quieres tomar tú la iniciativa? —Le miró golosa.

—No. Me gusta que lo hagas tú.

—¿Y bien? —Le miró.

—Espera. —Se levantó.

Entró en la habitación y salió al poco con una cajita entre las manos y la puso encima de la mesa.

La cogió de las manos y la levantó del sillón.

—Yem, —la miró—. ¿Quieres casarte conmigo? —Preguntó sin más.

Se quedó mirándole a los ojos, sorprendida, el corazón le latía a más de cien por minuto y su mirada seguía preguntando lo mismo.

—Dime ¿Quieres ser mi mujer? —Sonrió.

—¡Yo!... —Asintió con la cabeza—. ¡Sí, sí quiero ser tu mujer! —Su voz sonaba llena de emoción.

Mijaíl abrió la cajita y sacó una alianza de plata, con un labrado muy fino. La puso en su dedo anular derecho, con manos temblorosas.

—Estaba hecha para ti. —Susurró.

—Mijaíl, es... —Le miró.

—Sí, es igual que la otra, soñé con ella hace unos días. Después fui a una joyería y la encargué, tenía la sensación y la necesidad de regalártela, —la abrazó por la cintura—, han sido muy rápidos, la tenían esta mañana.

Se miró la mano y después a él.

—Te quiero Yem, —le dijo cerca de los labios—, lo había soñado tantas veces...

—Yo también te quiero. —Añadió con emoción.

La besó con pasión contenida y ella le respondió igual. En el pasado no sabia muy bien como ella prodría reaccionar, quizá igual que ahora o más sumisa ya que el matrimonio era concertado. En el pasado todo era más primitivo, pero ahora tenía entre sus brazos a la mujer que le había sido dada para amarla, y eso era lo que iba a hacer.

Él puso las manos alrededor de su cara.

—Ahora he de hacer algo, sólo será un momento. —La soltó y fue a su habitación de nuevo.

Salió con un ordenador portátil y se sentó en el sofá a la mesa pequeña. Abrió este y se conectó a Internet.

Se sentó a su lado.

—¿Qué vas hacer? —Miró la pantalla del ordenador.

—Buscar licencias matrimoniales y una capilla que nos pueda casar esta tarde. —Sonrió y la miró después de apretar la tecla de enter.

—¿Esta tarde? —Le miró y vio en sus ojos la decisión tomada.

—Sí, —miró su reloj—, son las once y media, dentro de una hora más o menos tenemos las licencias. Tengo un amigo que me debe un favor y no se negará a ser tu padrino, yo necesito una madrina.

—Es todo muy rápido. —Estaba nerviosa.

—¿Sabes dónde puede estar Helora? Seguramente en Aberdeen o Inverness. Mañana, a lo sumo el lunes llegará a Durness. Puede instalarse en las islas que hay alrededor de Mailand. Estamos a dos de diciembre. Ella tiene el manuscrito tenemos que quitárselo antes de que lo queme, o lo destruya de cualquier otra forma. Yem, si nos anticipamos a ella quizá no pueda hacer nada con el manuscrito.

—¿Y dónde nos vamos a casar? —Le preguntó intentando asimilar todo.

—Conozco una ermita pequeña en Greemockg, —sonrió—, allí se casó Erik, un amigo mío; él conoce al párroco de la ermita, se casó allí y después cobró la herencia de su padre y un mes se divorció. —Diciendo esto cogió el móvil y marcó un número—. Hola soy Mijaíl, —pausa—, necesito que me hagas un favor, —sonrió—, el mismo que te hice hace un año, —pausa—, sí, lo tengo todo, —pausa—, sí, —rió—, a la novia también, —pausa—, vale espero, —una pausa larga—, a las siete de la tarde, —pausa—, nos vemos a la una y media en la universidad, —colgó—. Bueno, ¿quieres comprarte un traje de novia? Tenemos que salir a las tres.

—Llévame al campus, por favor. —Le temblaban las manos.

—¿Estás bien?, —cogió sus manos—, estás temblando.

—Sí, hablaré con Carlota, seguro que será la madrina, —le miró—, no te preocupes estaré a las tres preparada.

—Te llevaré primero a comprar el vestido. —Cogió la cazadora y las llaves del coche.

—¡No! —Exclamó—, iré con Carlota, tú ve a comparte el tuyo con Erik.

—Como quieras princesa, —sonrió—, Yem, sino quieres hacerlo estás a tiempo, buscaremos otra forma.

—Tengo ganas de salir corriendo. —Confesó mientras salían de la casa.

Entraron en el coche. Mijaíl la miraba preocupado. Ella le miró a los ojos y vio confusión y miedo.

—No voy a huir, te lo prometo, esta vez no. —Aseguró.

—Yem, es muy precipitado lo sé, pero está tu vida en peligro. —Hablaba mientras conducía.

—Y la tuya. —Respiró hondo.

—Eso es lo de menos, —cogió su mano—, eres tú la que se sacrifica, yo solo voy en tu busca.

Llegaron al campus y aparcó el coche.

—Que no se te olvide el pasaporte, yo imprimo ahora las licencias. Erik se ocupa de lo demás, —sonrió—, anímate, —sacó una tarjeta de crédito y se la dio—, toma el número secreto es tu año de nacimiento.

—Mijaíl, tengo dinero puedo costearme el vestido y algo más. —Sonrió por su gesto.

—¿Seguro?

—Sí. —Afirmó.

—Si tienes algún problema me llamas, —la besó—, a las tres estaré aquí.

Salió del coche con la piernas temblorosas, necesitaba tranquilizarse y sabía como. Se volvió hacia el coche. Mijaíl salió al verla parada y se acercó a ella.

Se abrazó a él con fuerza y aspiró su aroma, al poco tiempo dejó de temblar.

—¿Mejor? —Dijo sabiendo lo que quería.

—Sí, mucho mejor. —Sonrió, le dio un sonoro beso y salió corriendo hacia la residencia de estudiantes.

Entró en la habitación Carlota estaba arreglándose para salir a comer.

—Hola. —Saludó ansiosa.

—Hola, te creía entre los brazos de Mijaíl. —Sonrió.

—Entre ellos estaba hace unos minutos, Carlota necesito que seas mi madrina de boda. —Soltó la bomba sin más.

—¡Qué! ¡Te casas! —Se levantó de la silla—. ¡Estás loca! —Exclamaba.

—Lo sé, pero es necesario, créeme, por favor, se mi madrina. —Se acercó a ella.

—¿Puedo pensarlo? —La miró confusa.

—No mucho son las doce y necesito comprarme el vestido de novia, la boda es a las siete en Greemock. —Respondió.

—¡Hoy! —Exclamó de nuevo—. ¡Dios mío! —La miró.

—Si no quieres lo entenderé. —Cogió un bolsón y empezó a guardar las cosas que necesitaría. En la mochila metió la documentación necesaria.

—Está bien seré tu madrina. —Accedió.

—¡Gracias! —La abrazó.

—Pero sigo pensando que estas loca, —rio—, venga que tenemos muchas cosas que hacer.

Dejó el bolsón preparado y se fueron de compras. Yem tenía dinero reservado para una emergencia.

Carlota preguntó en una de las tiendas de ropa, donde podrían encontrar vestidos de novia. La dependienta les dio algunas direcciones. Fueron a la más cercana.

Allí había varios vestidos, pero no encontraron el que necesitaba. La mayoría eran muy pomposos.

En la segunda tienda que se llamaba Charming, había varios un poco pasados de moda. Mirando en el interior de la tienda, vio uno que le llamó la atención. Era en tornasolado, de un dorado muy claro sobre un marfil mate.

Preguntó a la dependienta si tenían su talla. Ésta le saco un vestido nuevo de una de las cajas que guardaban en el almacén.

Se probó el vestido; antes de salir para que la viese Carlota, se miró al espejo.

—No está bien que lo diga yo, pero me quedaba muy bien. —Sonrió.

El escote promesa de amor, hacía resaltar más su pecho. Ajustado hasta las caderas, a partir de hay salía la falda, hasta los pies, vaporosa solo lo suficiente. El velo era dorado tan claro como el vestido, iba sujeto con una guirnalda de florecillas doradas. Salió del probador.

—¡Dios mío, Yem, estás guapísima! —Exclamó Carlota.

—Te gusta. —Sonrió.

—Sí, claro que sí, —se acercó a ella—, pero necesitarás algo de abrigo.

—El vestido va acompañado de una capa a juego. —Dijo la dependienta.

—Tenemos que encontrar algo para ti. —Comentó Yem mirando a su amiga.

Se dirigió a la dependienta, le pidió que le sacara algún modelo que le gustara a Carlota.

Encontraron un vestido en malva oscuro. Con un abrigo largo a juego.

Después se probaron los zapatos.

Llegaron a las dos y cuarenta y cinco del mediodía al campus. Carlota cogió lo necesario y un gran neceser con maquillaje y accesorios para peinarse.

A las tres en punto estaban a la puerta del campus con dos bolsas y dos cajas. Por un momento dudó que entraran en el maletero del coche. Pero se llevó una sorpresa.

Mijaíl apareció con un coche grande, negro y nuevo. Paró delante de ellas y salió del automovil.

—Hola, —sonrió—, Carlota, gracias.

—No me las des, Yem es mi amiga y los dos estáis locos. — Sonrió.

Se volvió hacia el muchacho que estaba a su derecha. Más bajo que Mijaíl y delgado. Para Yem tenía cara de ratoncillo. Su mirada era profunda, como sus ojos marrones, sincera. En esos momentos miraba a Carlota y pudo ver que le gustaba, mucho, debía añadir.

—Os presento a Erik, —le miró—, ella es Yem, mi novia, —le dijo señalándola—, y ella Carlota, nuestra madrina.

—Un placer conoceros. —Dijo sonriendo.

Después de presentarles entraron en el coche. Mijaíl guardó las cajas y las bolsas en el maletero.

Carlota y ella se sentaron atrás.

Emprendieron el viaje a Greemock. Yem iba detrás de Mijaíl.

— ¿Dónde has conseguido este coche? —Le preguntó, mirando al retrovisor.

—Fácil, lo he alquilado. —Respondió.

—Es muy amplio me gusta. —Dijo Carlota.

—¿Te ha sido difícil encontrar el vestido? —Miró al retrovisor, ella se reflejaba en él.

—No. Además también hemos encontrado el de Carlota, — sonrió—. ¿Y vosotros?

—Bueno al principio no encontrábamos nada, pero Erik se acordó de una tienda en el centro, allí había lo que buscábamos. — Respondió.

—¿Lo habéis pensado bien? —Preguntó Erik mirándola—. Eres una niña.

—Hace siglos que está decidido Erik, —contestó Mijaíl—, Yem es mayor de edad, si es eso lo que te preocupa, tiene cara de cría, pero te sorprenderías sí la conocieras mejor. —Miró de nuevo por el retrovisor.

—Además, no es la primera vez que se casan un profesor y una alumna. —Alegó Carlota.

—Ya lo sé, pero Yem me parece más joven de su edad. Lo mismo sucede contigo. —Le dijo a su amiga.

—Gracias, es la primera vez que me lo dicen, siempre piensan lo contrario. —Comentó Carlota.

—No tendrán ojos en la cara, tienes cara de niña, aunque seas algo más alta que las demás. —Le guiñó un ojo.

Erik y Carlota hablaban de sus dificultades por culpa de su altura. Él era una cabeza más bajo que Carlota.

Mijaíl y ella se miraban por el espejo del retrovisor.

Faltaba la mitad del camino y pararon en una estación de servicio, Mijaíl llenó gasolina el depósito del coche y entraron en el restaurante a comer.

Yem sentó al lado de él, frente a Erik, al lado de éste Carlota.

—Os tengo una pequeña sorpresa preparada. —Les anunció Erik.

—Una despedida de soltero rápida, con chicas medio vestidas. —Añadió Mijaíl.

—Eres un golfo, no sé ni como te vas a casar. —Le reprendió Erik.

—Bueno sería la última vez que lo hiciera. —Rio por el codazo que le propinó

Yem.

—No les hagas caso, todos los hombres que conozco siempre dicen lo mismo y no les deja el miedo de que se enteren sus futuras mujeres. —Dijo Carlota.

—No pases a todos por el mismo rasero amiga, le conozco y sé que sería capaz de hacerlo, es algo primitivo. —Aseguró Yem mirando a Mijaíl que se reía por su acierto.

—Princesa, hace siglos tal vez, ahora tengo que reservar mis fuerzas. —Puso una mano en su nuca y la besó.

—Ves es un primitivo. —Le dijo a Carlota.

—Mejor así que no un soso parado. —Rio.

—¿Te gustan los hombres que toman siempre las riendas? —Le preguntó Erik a Carlota.

—Sí, me encanta que me dominen, —Carlota le miró—, bueno, en el caso de que tuviese experiencia en ello, claro está. —Se ruborizo y Yem rio.

Un rato después continuaron el camino, esta vez ella se sentó delante con Mijaíl.

Apoyó la cabeza en su hombro mientras él conducía, no podía correr ya que la lluvia no le dejaba ver en condiciones.

—¿Cansada?

—No mucho, quizá sean los nervios. —Le miró.

—Quizá, pero no estés nerviosa, todo saldrá bien, ya lo veras.

—¿Tú no estas nervioso? —Miró a la carretera.

—Un poco, son muchas las cosas que van a suceder hoy, la boda, la sorpresa de Erik, él se ha pasado todo el tiempo mientras comprábamos los trajes con el móvil pegado a la oreja y hablando en Gaélico. Además está la noche de bodas. —Arqueó una ceja.

—Mijaíl ya has estado con mujeres antes. —Sonrió.

—Sí, pero no con la mujer que quiero, mi princesa. —La miró unos segundos.

En sus ojos había algo que no pudo definir muy bien, entre duda y orgullo.

Gracias a Dios en Greemock no llovía y había de cuando en cuando ratos de sol. Un sol que se ponía en el momento que llegaban.

Erik les indico el camino hacia el pequeño hotel donde había reservado tres habitaciones. Eran las cinco y media de la tarde cuando Carlota y ella entraban a su habitación.

Había una cama, bastante amplia y bonita. Las paredes estaban empapeladas con tonos claros algo desgastados.

Sacaron los vestidos y Carlota los colgó en la barra de las cortinas, así estarían estirados.

—Tengo sed ¿Te apetece tomar algo? —Le dijo Carlota dudosa.

—Si, bajemos a merendar un poco. —Respondió serena.

Salieron dejando la habitación cerrada.

Llamaron a la puerta de la habitación donde estaban los chicos.

—Pasad. —Les dijo Erik.

—No, solo quiero que sepáis que bajamos a tomar algo, si os apetece os esperamos. —Le comentó Carlota.

—Seguro, Mijaíl está en la ducha, ahora nos veremos. —Sonrió.

Cuando bajaron se sentaron en una especie de comedor, estaban solas. A Yem le resultó extraño que no hubiese huéspedes, además, las personas encargadas del pequeño hotel no dejaban de ir de un lado a otro.

—Oye. ¿Por qué no nos vamos? —Le dijo Carlota.

—No conocemos la zona.

—Vamos, un poco de aventura no nos vendrá mal

CAPÍTULO 8

Salieron del hotel y se encaminaron hacia el centro de Greemock. Las calles eran empedradas, las casas con muros de piedra, algunas de ladrillos marrones. En sí medieval. Muchos pueblos escoceses conservaban el encanto de lo antiguo.

Entraron en un pub que perecía tener buen aspecto.

Se sentaron a una mesa de madera, con un mantel rojo.

Después de tomarse un tazón de café con un trozo de tarta de manzana, se fueron en busca de algo más animado. Sonó el móvil de Yem.

—Dime.

—¿Dónde estas? —Preguntaba Mijaíl.

—Dando un paseo con Carlota.

—Tened cuidado, te veo a las siete y media en la Ermita de San Miguel. Dile a Carlota que la espero a las seis y cuarenta y cinco en la puerta del hotel.

—De acuerdo. —Sonrió.

—Yem... princesa, te quiero.

—Y yo, mi príncipe.

A las seis y media de la tarde volvían al hotel riendo. Habían estado bailando en uno de los bares que recorrieron. Carlota dijo que se casaba y varios escoceses se ofrecieron a hacerla olvidar por un rato su compromiso y bailaron con ellos.

En la habitación, Carlota la ayudó con a ponerse el vestido.

No hubo mucho problema con su pelo, tan solo lo peinaron con el secador rizando un poco más las puntas. Carlota la maquilló un poco los ojos en color dorado y malva claro, las mejillas rosadas y los labios en tono marrón cobrizo no muy oscuros.

Después se vistió ella, se maquilló en un pispas y se recogió el pelo.

—¿Cómo estoy? —Preguntó sonriente.

—Es lo que le faltaba a Erik para caer a tus pies. —Rio Yem.

—No será verdad. —Sonrió.

—Créeme le gustas. —Aseguró.

—La verdad es que es un encanto. —Rio y miró el reloj.

—Hazle esperar un poco, —dijo—, ayúdame con el velo.

Cuando creyó que lo tenía bien sujeto con la guirnalda de florecillas abrió la puerta de la habitación.

—Estás muy bonita, no te lo toques, nos vemos en la Ermita, —se acercó a ella y la besó en la mejilla, —no le hagas esperar mucho. —Le guiñó el ojo y salió de la habitación.

Se quedó sola, no tardaría en llegar Erik para llevarla a la Ermita.

Extrañaba a sus padres, se iba a casar y ellos no estaban allí. Necesitaba tenerlos cerca, ya que en el pasado no pudo tenerlos junto a ella. Cerró los ojos e intentó respirar hondo, y así calmar la emoción que sentía al recordarles, tanto a los padres del pasado, como ahora a los del presente los quería y su ausencia le dolía.

Sus manos volvieron a temblar y no eran los nervios. Tenía ganas de salir corriendo. Se miró al espejo repitiéndose que no era el mismo Mijaíl del pasado. Dentro de ella sentía que le tenía algo de miedo, aunque estuviese loca por él. Cerró los ojos y comprendió que su miedo era perderlo, que muriese. Negó con la cabeza.

<<Eso no va a pasar>> Se dijo intentando convencerse.

Llamaron a la puerta.

—Pasa Erik.

—¿Preparada?, —decía entrando—, vaya, estás preciosa, pareces una princesa. —Sonrió.

—Gracias.

—El coche nos está esperando en la puerta.

—Erik, toma, esta es mí alianza. —Le dio el anillo que guardo junto con el de Mijaíl.

—¿Estás bien? Te veo un poco nerviosa.

—Sí. —Le miró.

—Tienes dudas respecto a Mijaíl. —Aseguró.

—No, es solo que echo de menos a algunas personas importantes para mí. —Se sentó en la butaca.

—¿Tus padres deberían estar aquí? —Acertó.

—Sí, —se levantó—, vámonos.

Erik la ayudó con la capa.

Llegaron a la Ermita de San Miguel a las siete y cuarenta, en la puerta esperaban varias personas.

Salió del coche ayudada por Erik.

La sorpresa que recibió no la esperaba, cuando subió los tres escalones para entrar en la Ermita las personas que aguardaban fuera eran sus padres.

—¡Mama! ¡Papa! —Exclamó.

—¡Hija!. —Su madre la abrazó emocionada.

—Yem, cielo. —Decía su padre besándola en la mejilla.

—No sabía nada de esto, no puedo creer que estéis a quí… —Les miró, en sus ojos vio que estaban tranquilos y conformes.

—Luego hablamos, ellos son los padres de Mijaíl. —Le dijo su padre.

Después de saludarles, Erik le ofreció el brazo para entrar en la Ermita.

Mijaíl esperaba con Carlota frente al altar. Sus padres y los de ella se sentaron en la primera fila.

El organista comenzó a tocar la marcha nupcial y empezaron a temblarle las manos.

Conforme iba acercándose al altar, sentía más ganas de salir corriendo.

Cuando llegaron al altar, Erik la dejó al lado de Mijaíl que la miraba ensimismado. Yem le miraba igual, estaba guapísimo, llevaba un traje azul marino, la camisa morada oscura, igual la corbata. Se había recogido el pelo.

Se acercó más a él y aspiró su aroma, llegando con él la tranquilidad.

El sacerdote empezó a hablar. Y un fotógrafo no dejaba de grabar y otro de hacer fotos.

—Hermanos, estamos aquí reunidos para unir en Santo Matrimonio a Mijail y Yem, —les miró—, ¿venís por voluntad propia, libres y sin coacción ninguna? —Les preguntó.

—Sí. —Respondieron a la vez.

—Bien, entonces si alguien tiene algo que decir en contra de este matrimonio, que hable ahora o calle para siempre, —observó a los que estaban allí sentados, después les miró—, podéis decir vuestros votos. —Miró a Mijail.

Ellos hablaban en inglés.

—Yo, —la cogió de las manos, su voz segura y alta se oyó en toda la Ermita—, Mijaíl de Gaholand, hijo de Yerhan, te pido que me aceptes como esposo. Prometo ser fiel, amarte y respetarte en la riqueza y en la pobreza, en la alegría y la tristeza, en la salud y la enfermedad, todos los días de mi vida y de mi muerte.

—Sí, acepto, —espiró hondo y apretó las manos de él—, yo, Yem- Khay-Alf de Gea, hija de Almhar, te pido que me aceptes como esposa. Prometo ser fiel, amarte y respetarte en la riqueza y la pobreza, en la alegría y la tristeza, en la salud y la enfermedad, todos los días de mi vida y de mi muerte.

—Sí, acepto. —Sonrió.

Erik le dio los anillos y el sacerdote los bendijo.

—Con este anillo, yo te desposo. —Dijo Mijail poniéndole la alianza.

—Con este anillo, yo te desposo. —Repitió ella casi en un susurro y le puso la alianza en el dedo.

—Yo os declaro marido y mujer. —El sacerdote hizo la señal de la cruz frente a ellos—. Lo Dios a unido que no lo separe el hombre, — miró a Mijail—, puedes besar a la novia e id en paz.

Sin soltarse de las manos se besaron tímidamente al principio.

—Ya lo hemos hecho. —Le dijo Mijail cerca de sus labios, la abrazó por la cintura y se dieron el beso que esperaban todos.

Pasaron a la sacristía y firmaron los documentos que los unían ante la ley como marido y mujer.

Sus padres aplaudían. Cogidos de las manos empezaron a andar por el pasillo para salir a la calle.

Les cayeron un montón de pétalos de rosas, mientras los felicitaban y gritaban. ¡VIVAN LOS NOVIOS!

Mijail volvió a besarla mientras caían los pétalos de rosas.

Después de hacerse varias fotos con todos. Erik abrió la puerta del coche.

Ellos se sentaron en la parte de atrás. Conducía Erik.

—¡Que bonita estas! —Exclamó Mijaíl.

—No esperaba que fuese así, —sonrió—. ¿Cómo has conseguido que vinieran nuestros padres?

—Bueno, les llamé el viernes por la tarde, había tenido un sueño algo raro y creí que deberían estar el día más importante para nosotros, —sonrió—. Es mi regalo de bodas.

—Gracias, es muy emocionante para mí. —Se la escapó una lágrima.

—Lo sé princesa, he querido que sea de la mejor manera para ti, —arqueó una ceja—, así no huirías de nuevo.

—No pensaba hacerlo. —Le miró.

—Pues dabas la sensación de querer salir corriendo, —pasó una mano por su cintura—, de haberlo hecho abrías acabado conmigo.

—A nuestros padres le habrán resultado raros los nombres que hemos pronunciado en los votos. —Sonrió.

—No, ya les comenté al llegar a la Ermita que habría algunas palabras que tendríamos que pronunciar ya que estábamos en Escocia, —aclaró—, tus padres son muy agradables, pensaba que me pidieran alguna explicación, yo tan sólo les dije por teléfono que te quería, bueno que nos queremos, ¿verdad?

—Te quiero… —Le miró—, mucho.

Mijaíl la abrazó, Yem apoyó la cabeza en su pecho y contuvo las lágrimas que no sabía porque amenazaban con derramarse.

Cuando llegaron de vuelta al hotel, todo parecía cambiado. El pequeño salón se había convertido en un banquete de bodas, del tamaño apropiado para las personas que eran.

Había una mesa alargada y ancha, donde se sentaron sus padres, frente a esta otra igual donde se sentaron los novios y los padrinos.

Durante el banquete de bodas todo transcurrió bien, habló con sus padres unos minutos antes de que los llevaran la tarta de bodas.

Les dieron una espada pequeña para cortar la tarta. Mijaíl la empuño y ella tan solo puso una mano encima de la de él. Después la dio de comer un trozo con la punta de la espada. Cuando ella hizo lo mismo él arqueó una ceja. Le dio el trozo de tarta, después bajó la mirada y le ofreció la espada.

Mijaíl la cogió y la dejó encima de la mesa. Les sirvieron champaña y pasando un brazo alrededor de su cintura, Mijaíl levantó la copa.

—Un brindis, por la novia más bonita y esperada, por los padres y suegros de la novia y míos. Por los padrinos. Erik, gracias por este banquete de bodas. —Sonrió.

—Por vosotros, que seáis muy felices y prósperos. —Continuó el padre de Yem.

—Por vosotros, hijo, que tengáis una larga vida y no llenéis de nietos. —Acabó el padre de Mijaíl.

Chocaron las copas y bebieron.

A las diez de la noche los padres de Yem y los de Mijaíl se fueron a Glasgow debían descansar para coger el avión que le llevaría a España a la mañana siguiente de madrugada.

Ellos se iban tan pronto, porque Mijaíl les dijo que se iban de viaje de novios a la Isla de Mailand, como los padres de Yem y de él estuvieron de acuerdo en irse de madrugada al día siguiente. Además, ellos tenían que trabajar en España.

Mijaíl les dijo una pequeña mentira, pero era una manera de mantenerlos al margen de todo lo que estaba por ocurrir.

Se despidieron de ellos y les prometieron ir en Navidades, pasarlas todos juntos en España. Mijaíl le dijo a Yem el porqué de las prisas en marcharse sus padres. A Yem le hubiese gustado que se quedaran un par de días, para poder disfrutar de sus padres y conocer un poco a los de su marido.

Erik y Carlota los dejaron una nota en recepción.

Yem encogió de hombros y sonrió.

—¿Qué dice la nota? —Le preguntó Mijaíl.

—Que nos dejan solos. —Le miró.

—Me parece que hay rollito entre los padrinos. —Sonrió.

—Sí, eso parece. —Respiró hondo.

Después de agradecer a los camareros y a las demás personas su atención en el banquete, Mijaíl y ella subieron a la habitación que tenían reservada.

Él abrió la puerta y se hizo a un lado. Yem pasó al interior de la habitación, la estancia estaba iluminada por varias velas, le daba un toque romántico. Había una cama grande con dosel del cual caían visillos blancos y bordados, recogidos a los lados con dos lazos de seda blancos, una mesa redonda a la derecha con una cesta llena de frutas y al lado una botella de cava, dos copas altas.

Avanzó dos pasos hacia el centro de la habitación y cerró los ojos, oyó a Mijaíl cerrar la puerta con llave, quitarse la chaqueta del traje y la corbata.

Sentía que en cualquier momento se abalanzaría sobre ella, le levantaría las faldas del vestido y cumpliría con su deber de esposo, con los ojos cerrados recordaba al Mijaíl del pasado, mandón y poco cariñoso, al menos eso siempre le dio a entender.

Se sorprendió al notar los brazos de Mijaíl alrededor de su cintura, la abrazaba por detrás y la besó en el cuello.

—¿En qué piensas princesa?

—En... —Volvió la cara para mirarle.

—Ya sé... —Sonrió—, esperas que te empuje encima de la cama, te suba la falda y te tome a lo bestia, para así cumplir con todo lo que se espera de mí, —la soltó—, tan primitivo me crees. —Afirmó.

—No puedo remediarlo. —Le dijo sonriendo.

—Me quedo con las ganas, princesa, —descorchó la botella de cava y sirvió en una copa—, por pensar mal de mí, ni hace mil años me habría comportado así contigo, —se acercó más a ella—, por ti Yem, —le dio de beber y luego él terminó la copa—, soy quien soy, no puedo cambiar eso, —dejó la copa en la mesa—, si no lo deseas no te tocaré. —Le dio la espalda.

—Mijaíl, bonito discurso, —se puso delante de él quitándose la guirnalda y el velo—, esposo mío, ve subiéndome la falda, mientras yo te bajo los pantalones. —Le abrazó por el cuello.

—Y me llamas a mí primitivo, —la apretó contra él—, novia descarada.

Se besaron durante un largo rato, sin prisa. Mientras sus ropas caían al suelo, entre caricias y más besos.

Ella no tenía ninguna experiencia sexual, pero se sintió osada, le besó y acarició como le apetecía hacerlo. No sabía que se pudiese hacer magia con el cuerpo de un hombre, tener el poder de hacerle temblar era muy excitante. Su cuerpo respondía a sus caricias, sus besos. No sabía cuanto tiempo pasaron recorriéndose el uno al otro. Pero sí recordará siempre el momento en que él se puso entre sus piernas. Entraba en ella despacio, reclamando cada centímetro que invadía. Hubo un momento en el que se arqueó contra él reclamándole entero y apretándome contra su cuerpo. Mijaíl empujó más fuerte y sintió un pinchazo. Se quedó quieto, dándola tiempo a adaptarse a él, sin dejar de besarla, acariciándola. Empezó a moverse de nuevo y volvió a arquearse contra él.

—No detengas —Le dijo con voz entrecortada.

—¡Yem!, —la besó—, mi princesa.

Un poco después, llegaron juntos a estallar en la culminación del placer que se daban mutuamente.

Mijaíl se dejó caer encima de ella, abrazándola y apoyando su cabeza en su pecho. Ella le abrazó.

—Te quiero. —Dijo apretándola contra él.

Se quedaron dormidos. Esa noche no soñaron, era como si hubiesen vencido de alguna manera al pasado.

Al día siguiente, volvieron de nuevo a Glasgow. Ahora el camino de vuelta era más relajado.

Pudieron disfrutar del paisaje de Escocia. Los tonos verdes, las montañas nevadas y el azul tan intenso, el cual sólo se podía disfrutar cuando no estaba nublado. Ahora lo gozaban, pues el invierno parecía hacerles un regalo de bodas ya que el día estaba despejado y soleado.

Mijaíl dejó a su amigo Erik en su casa y después a Carlota en el campus.

—¡Por fin! —Exclamó Mijaíl cargó a Yem en su hombro entrando en su apartamento—, en casa princesa.

—Sí, —reía—, gracias.

—¿Por qué? —La dejó en el suelo sin soltarla.

—Por todo y por quererme. —Sonrió.

—Es un placer, —la besó en los labios—, hablando de placer… —La cogió de la mano y entraron en el dormitorio.

CAPÍTULO 9

ISLA DE MAINLAND.

10 de diciembre.

Diana estaba en la cama desayunando cuando recibió la llamada que le informaba de todo sobre Yem.

Saltó de la cama en un grito al saber que Mijaíl y Yem se habían casado.

—No se saldrán con la suya, si Yem no muere por mi mano lo hará por la de su amantísimo esposo. —Tiró el móvil al suelo rompiéndolo.

Después cogió el teléfono de su mesa y marcó el número de la universidad de Glasgow. Tenía un plan y necesitaba elavorarlo cuanto antes.

10 de la mañana en la clase de historia.

Estaba recostada en el asiento, mordiendo el bolígrafo mientras miraba el trasero de Mijaíl. Este estaba escribiendo una síntesis en la pizarra. Se había puesto los pantalones de cuero que le quedaban de cine. Observó la mirada de otras compañeras, se les caía la baba mirando a su marido.

<<Tengo que decirle que no se ponga esos pantalones para dar clase>> Pensó <<Aunque sería una pena>> Se dijo a sí misma.

—Copiad el cuadro con las fechas de la pizarra mientras os recojo el trabajo de la semana pasada. —Ordenó él en tono serio.

Después de recoger todos los trabajos, llegó hasta lugar de Yem y extendió la mano.

—Hay algo que no entiendo muy bien. —Le dijo Yem.

—¿Qué es señorita? —Sonrió.

—Es referente a la época cuaternaria. —Le miró.

—Ese tema le dimos hace dos días, si puedo se lo explicaré después de clase, en mí despacho, así no retrasaremos esta clase. —Le propuso.

—Me parece bien. —Aceptó.

Mijaíl volvió a su mesa.

Nadie en la universidad excepto Carlota, sabían que se habían casado. Al menos eso creían.

Yem conservaba su habitación en el campus y asistía a las clases como de costumbre. Hasta las tres de la tarde, a partir esa hora se convertía en la mujer de Mijaíl.

Según acababan las clases, se iba al apartamento de él. Comían juntos y pasában así el día y la noche. La mayoría de estas dedicadas al amor.

Desde que había descubierto lo bien que se estaba con Mijaíl entre sus piernas, o de cualquier postura, era raro el día que no hacían el amor. Bueno también estában recién casados, se supone que eso es algo normal ¿No?

Llamó a la puerta de su despacho.

—Adelante. —Yem abrió la puerta, entró y cerró con llave.

—Hola cielo. —Le dijo corrigiendo algunos de los trabajos que había recogido esa mañana.

—Hoy cuando he despertado ya te habías ido. —Hablaba acercándose a él.

—Si, —la miró—, tenía que terminar de preparar los exámenes de mañana.

—La próxima vez despiértame, me gusta darte los buenos días. —Le separó de la mesa y se sentó encima de él dejándole entre sus piernas.

—Yem, —sonrió—, tengo que terminar de corregir esto.

—No te entretendré mucho tiempo. —Le besó con ganas.

—Princesa, —rio—, no hagas eso. —Decía mientras metía las manos por debajo de su falda, acariciándole las piernas hasta llegar a las caderas.

—¿Sabes que tienes un trasero muy deseable con estos pantalones? —Le susurró ella mordiéndole el lóbulo de la oreja.

—¿Me miras el trasero cuando escribo en la pizarra? —Rio.

—No solo yo, —le mordió en la barbilla—, hay muchos ojos golosos en clase.

—Pues solo noto los tuyos mirándome, —la apretó contra él—, Yem, estás como una moto y me vas a poner a mí...

—Bien, es lo que quiero. —Le dijo desabrochándole los pantalones.

—¿Aquí? —Sonrió dejándose hacer.

—Sí. —Le desabrocho la camisa besándole por el pecho.

Se levantó con ella. La sentó en la mesa y apartó las cosas algunas cayeron al suelo. Después la quitó las medias rompiéndolas y las braguitas.

Puso una mano en su nuca, besándola, mientras con la otra me levantaba un poco y la sujetaba mientras entraba en ella con un golpe de caderas.

Casi gritó por la sacudida.

—Nos pueden oír. —Rio.

—Sigue. —Le abrazó por el cuello tumbándose en la mesa con él casi encima de ella.

—Eres una bruja. —Le mordió en el cuello cuando respondió a sus movimientos.

—Quémame en la hoguera.

Mijail la sujetó con las manos por las caderas y comenzó a moverse dentro de ella, aprentado su cuerpo contra el de ella. Hasta que sus jeadeos quedaron callados por los besos.

Un buen rato después, mientras colocaba las cosas caídas de la mesa en su lugar, Mijaíl no dejaba de mirarla.

—Yem, deja eso y ven aquí. —Dijo sentado en su sillón.

—Dime. —Se acercó.

—Princesa, —la sentó en sus piernas—, no vamos a volver hacerlo sin protección, no quiero dejarte embarazada, eres muy joven.

—De acuerdo la próxima vez lo recordaré, —sonrió—, ahora he de irme tengo clase. —Se levanto.

—Ve primero a tu habitación y ponte unas braguitas. —Sonrió dándole las que le había quitado.

—Si. —le miró—, no está bien que ande por la universidad sin ellas.

—Te quiero. —Se arrimó a la mesa.

—Y yo. —Se acercó a él y le besó en los labios.

—Te veo en casa. —Sonrió.

—Claro, hasta luego. —Salió del despacho guardándose las medias y las braguitas en la mochila.

Entró en su habitación en el campus y se puso ropa limpia.

Las clases acabaron y se fue como hacía siempre al apartamento de Mijaíl.

Él llegó algo más tarde de lo habitual. Entró por la puerta, ella preparaba la comida, todo parecía muy hogareño, como un bonito cuadro pintado por un artista sin nombre.

—Hola. —Se acercó a él y le besó en los labios.

—Llueve a cántaros, —le devolvió el beso—. ¿Qué estás haciendo? Huele bien. —Se quitó la cazadora y la colgó en el perchero.

—Cordero con patatas y ensalada. —Respondió.

—He recogido otro libro más antiguo aún. —Entró en el comedor.

—¿De que año data? —Se sentó a su lado.

—Del año 1350. —Empezó a desenvolverlo.

—Ocho años antes de nacer tú. —Sonrió.

—No recuerdo nada de esa época, —la miró dejando el libro encima de la mesa—, solo las palabras de mi padre <<Hijo, te presento a tu futura esposa>> Me quedé mirándote y mi padre te puso en mis brazos, te solté al momento, —rio—, escogiste ese momento para mearte encima de mí.

—Pobre, —rio—, aunque no lo siento.

—No volví a verte hasta que cumpliste un año, mi padre te cogió en brazos y te zarandeó. Después me obligó a cogerte y me vomitaste encima. —La tiró del pelo.

—Eso no fue culpa mía. —Se quejó.

—Yo creía que estabas esperando a que te cogiera para hacerlo, tenías toda la cara de saber lo que hacías, —sonrió—, los demás años son un poco borrosos. Pero imagino que me fastidiarías muchas más veces, —la besó—, ahora solo doy las gracias por a mi padre por cumplir con su juramento, por preservar tu vida en la medida de lo posible y te juro que yo haré lo mismo, te quiero princesa.

Se quedó mirándole, después de aquellas palabras no sabía que decirle. Se estaba arrepintiendo de haber huido aquel día.

—Yem. ¿Estas bien?

—No, siento que todo esto, lo que va a ocurrir es solo por mi culpa. —Bajó la mirada, las lágrimas empezaban a resbalar por su cara.

—Mi princesa, escucha, ahora tenemos más posibilidades de que esto salga bien, contamos con adelantos que antes no teníamos, tenemos más tiempo que antes porque sabemos lo que puede pasar. Ya hemos cambiado parte del pasado, nos queremos, vamos a ser felices, tendremos un montón de hijos y disfrutaremos de nuestros nietos. — Sonrió.

—No puedo pensar en nietos, solo tengo 18 años. —Se limpió las lágrimas.

—Anda comemos y leemos este libro.

El libro hablaba de las luchas que hubo el Ghaoland, les sirvió de mucha ayuda.

También tenían el diario y los sueños escritos en él.

Sabían que Helora era bruja. Donde había adquirido sus poderes lo ignorában.

Mijaíl cogió el móvil y llamó a alguien por teléfono.

No prestó mucha atención, pues revisaba los textos algo más detenidamente.

Encontró un escrito que se refería al gran Druida Frhagman.

—Mijaíl, escucha esto. —Le dijo.

—¿Qué dice? —Se sentó a su lado.

—Intentaré traducírlo lo mejor posible, —empezó a leer—, en los días del reinado del joven Yerhan, fue expulsado de sus tierras el druida Frhagman. Este lanzó un maleficio dejando viudo al rey. Años después se caso en segundas nupcias con la hermana de su primera mujer. En esos días Frhagman también se casó. —Le miró.

—Frhagman se fue a Gea, quizá Helora es su hija. —Dedujo él.

—Por eso quiere venganza, —comentó—, espera, —cogió otros textos—, en este que data del año 1363, cuenta como tu padre y el mío acabaron con Frhagman.

—Lo sé ya lo he leído. —Miraba los libros con atención.

—Si es así, Helora debe morir igual que su padre, eso significa que los dos debemos luchar contra ella igual que hicieron nuestros padres. —Aseguró.

—Pero no lo tenemos más difícil, ella sabe la lucha de Gea. —Se levantó.

—Eso no es problema nosotros también. —Sonrió.

—Vaya no me imagino clavando la espada en su pecho, —la miró—, pero si te veo capaz de cortarle la cabeza, —se puso la mano en el cuello—, te he visto luchar y sé de lo que eres capaz. —Sonrió.

—Mijaíl, cuando te enseñé la lucha de Gea eras bastante cruel con tus estocadas, golpeabas mi espada como si se tratase de tu enemiga, —le miró riendo—, aunque en cierto modo lo era.

—Si sobretodo cuando llegabas con la espada a ciertas partes de mi anatomía, creo que tenías intenciones de castrarme.

—Así me libraría de las niñatas que no dejaban de perseguirte, —le dio con el dedo índice en el pecho—, a ti no te importaba.

—Sabía que eso te ponía celosa, me resultaba bastante cómico ver tu cara cuando me llevabas el desayuno y veías salir alguna de las doncellas de tu castillo, —rio—, eras una niña y no te podía tocar. —Metió la mano por debajo de su suéter.

—Se te da muy bien tocar, —rozó sus labios con los de él—, me gusta tu tacto. —Respiró su aroma.

Se levanto y le cogió de las manos guiándole hacia la habitación.

—¿Qué quieres? —Arqueó una ceja.

—Solo olvidar por unas horas el pasado y concentrarme en el presente, por el momento. Disfrutar de mi insaciable marido, —miró hacia la ventana—, además, llueve y hace frío. ¿Qué mejor manera hay de pasar la tarde que en la cama contigo?

—No conozco otra manera mejor de pasar el tiempo.

La apretó contra él y se besaron con ternura al principio, con pasión un poco después.

Al día siguiente sábado, se levantaron tarde. El trasnochar y el madrugar, les pedía dormir más los fines de semana.

Cerca de las doce de la mañana, mientras Yem preparaba el desayuno, siguió leyendo el libro que trataba de las luchas en Ghaoland. Pudo medio traducir que… <<Frhagman había sido maldecido por una joven mujer. Ésta sabía de sus hechizos oscuros y sus invocaciones.

Esa mujer se llamaba Yamiem. Ella tenía visiones y podía leer en la mirada las intenciones de la gente.

El Rey Yerham, la escuchó y mandó seguir al druida.

Cuando estaban seguros de la implicación de él en un ataque para derrotar al Rey, fue juzgado y desterrado de las tierras de Ghaoland.

Tan solo le dejaron una barcaza y le ataron a ella, solo el mar le llevaría a su destino. Éste fue la isla de Gea. La barcaza varó en las playas de la isla, allí disfrazó su apariencia y se mezcló con las gentes de la isla. Gentes dadas a recibir a los extranjeros con amabilidad y ofreciéndoles su amistad y su casa. Todo hospitalidad.

El Rey Almhar proclamó su enlace con la mujer más bonita de las tierras de Ghaoland. Yamiem – Alf. Hija de la curandera del pueblo.

Almhar la conoció una de las veces que fue a visitar a su amigo Yerham, este estaba enfermo y ella le sanó. Como pago por su gracia la invitó a vivir en el castillo y nombrarla su pupila. Así quedó bajo su custodia.

Apenas tenía 17 años cuando se casaba con Almhar de Gea>>

Se quedó mirando el libro, con la mente en el pasado, intentando imaginar a su madre. Ella no llegó a cumplir los dieciocho años. Un escalofrío recorrió su espalda. Mijaíl la abrazó por detrás besándola en el cuello.

—¿Qué lees tan ensimismada? —Preguntó cerca de su oído.

—Cuando tu padre desterró al druida y le dejaron en una barcaza a la deriva, varó en la isla de Gea, se mezcló entre las gentes. Poco después mi padre proclamó su enlace con mi madre. Ella era de Ghaoland, hija de la curandera. La conoció cuando curó a tu padre de alguna enfermedad.

—¿El escrito tiene fecha?

—Sí. Mis padres se casaron el 21 de diciembre del 1364, —le miró—, mi padre era 17 años mayor que mi madre, ella no cumplió los dieciocho años. Le faltaron cinco días. Nació el seis de enero del 1347.

—Hay una pieza que no encaja en el puzle. —Se sentó a la mesa.

—Exacto y la tenemos que encontrar antes del día 21 —Le miró seria.

—El lunes iremos juntos a devolver los textos y buscaremos más. Mientras tanto, esta noche iremos a cenar a un restaurante. —Sonrió.

—¿Qué celebramos? —Preguntó sabiendo la respuesta.

—Yem, hoy hace una semana que nos casamos y todavía sobrevivo. —Rio.

—¿A qué sobrevives?

—A ti. —Rio levantándose de la silla.

—¿Pensabas que te iba a matar? —Le seguía, él caminaba hacia atrás en dirección a la habitación.

—No con una espada, —reía—, eres más peligrosa en la cama.

—¿En la cama?

—Sí, me agotas insaciable princesa. —Se tropezó con la cama y cayó encima de ella.

—¡Insaciable! —Exclamó y se puso encima de él, sujetándole las manos por encima de su cabeza.

—Sí, siempre pides más. —Intentó besarla pero ella levantó la cara.

—Mijaíl, no soy yo la que se despierta de madrugada, me abre las piernas y entra en mí diciendo <<¡Mía!>> —Le recordó.

—Que bestia, —reía—. ¿Y por que te dejas? —Se arqueó contra ella.

—Porque me gusta domar a la bestia. —Le mordió en la barbilla.

—Osada, ven acá. —Se soltó de sus manos y la abrazó.

Un buen rato entre sus brazos, le hacía olvidar la preocupación, aunque en su mirada podía ver algo de miedo. Desvaneciéndose entre sus besos, caricias. Hacer el amor era una manera de despejar sus mentes y olvidar por un instante todo lo que se avecinaba. Pero dentro de sus corazónes existía el temor de no acabar con todo de una vez y poder vivir sus vidas.

Pasaron un sábado bastante romántico, sobretodo en la cena. El restaurante, era de lo más íntimo. Si en algún momento quería terminar de conquistarla (como si a caso no lo estuviera) lo había conseguido.

El perfecto caballero y el mejor amante.

CAPÍTULO 10

Durante los días que siguieron no encontraron mucha más información en los libros.

El miércoles por la noche, se acostaron temprano. Como casi siempre sobre las tres de la madrugada empezaban los sueños de Yem.

<<Se encontraba en lo alto de la torre de un castillo medio derruido. Abrió una puerta y vio a Mijaíl. Estaba igual que la primera vez que le vio, sin camiseta, con el pelo suelto. Al fondo de aquella habitación había una cama y en ella estaba Helora, desnuda. Bebía de una copa al igual que él. Perecía que brindaban por algo. Un flash pasó ante sus ojos y de repente su marido la atacaba con su espada en la mano. Su estocada era mortal>>

Despertó gritando.

—¡Mijaíl! —Le llamó y se sentó en la cama asustada.

—¡Que ocurre! —Exclamó él saliendo de la cama.

—¡Tú! Tú me quieres matar. —Le dijo mirándole aterrorizada.

—Yo no te quiero matar, —volvió a la cama—, échate estabas soñando.

—¡No! —Se separó de él—, brindabas con Helora y después me atacaste con tu espada. —Salió de la cama sintiendo aún la amenaza en él.

—Cielo nunca te haría daño, —salió de la cama—, ven vuelve a la cama conmigo. —Alargó su brazo.

—¡No me toques! —Le miró asustada—, estabas con ella, bebías con ella.

—Yem, solo era un sueño. —Insistió.

—Lo siento en ti, —se alejó más de él—, siento el peligro en ti.

Mijaíl no le hizo caso y se acercó a ella.

—Vamos a ver princesa, —puso las manos con cuidado alrededor de su cara—. ¿Cómo voy hacer daño a lo que más quiero?

—Tú... no me quieres. —Le quitó las manos y me fue al comedor.

—¿Qué estás diciendo? Yem, ni en sueños asegures eso. —Le hablaba algo serio.

No le hizo caso y en la conmoción de su sueño se tumbó en el sillón.

—Será mejor que me dejes en paz, —se limpió las lágrimas—, vuelve a la cama quiero estar sola.

—Está bien como quieras. —Dijo algo confundido.

Se quedó dormida en el sofá. Despertó con el sonido de la alarma del despertador.

Estaba sola, Mijaíl ya se había ido. Tuvo la sensación de haberle herido y así era. Cuando llegó a la universidad apenas la miró y cuando lo hacía solo podía ver dolor en sus bonitos ojos verdes.

Yem se sentía tan mal que solo tenía ganas de llorar. Después de la clase de historia se fue a la habitación del campus, se tumbó en la cama y dio rienda suelta a las lágrimas. Ni siquiera apareció por las clases que le quedaban por dar.

Carlota entró en la habitación y le sorprendió verla allí.

—¿Estás bien? —Se sentó a su lado en la cama.

—No, —la miró—, creo que la he pifiado con Mijaíl.

—No sé muy bien lo que significa esa palabra. ¿Habéis discutido?

—No. Me he enfadado con él por un sueño que tuve anoche. —Le dijo.

—Si en el sueño te ponía los cuernos, quizá se lo merezca, algunos sueños nos avisan de lo que nos va a pasar. —Razonó.

—Pero no podemos acusar a las personas por lo que soñemos. —Se sentó en la cama.

—Yem ¿Él es bueno contigo? —Le preguntó.

—Sí, es un cielo. —Las lágrimas volvieron.

—¿Entonces que haces aquí? Vete a tu casa y cómetelo a besos. —Rio.

—No sé como me recibirá ya le has visto esta mañana en clase.

—Si, el pobre te miraba como un cordero degollado, ¡vamos! Mijaíl está loco por tus huesos, —se levantó de la cama—, ve a tu casa, seguro que te está esperando como si no hubiese pasado nada.

—Gracias, te llamaré luego. —Se abrazaron.

Salió del campus con más confianza.

Caminó despacio hasta llegar al apartamento. Entro con precaución. Como siempre el aroma de Mijaíl la inundó.

Colgó el abrigo y entró en el comedor, olía a comida.

—Hola. —Dijo en alto.

Nadie contestó a su saludo. Entró en la cocina decidida a pedirle perdón de rodillas si era necesario. Mijaíl cortaba un tomate en rodajas y escuchaba algo en su MP4. Se quitó los casquitos al verla.

—Hola Yem, —señaló el aparato—, no te he oído entrar.

—¿Te ayudo? —Se acercó a él.

—No princesa estoy terminando con la ensalada, —la miró a los ojos, los tenía llorosos— ¿Estas mejor?

—No, —se abrazó a él—. Lo siento mucho.

—Lo sé, —soltó lo que tenía en las manos y se limpió con un paño—, lo que me apena es que tus sueños son reveladores como los de tu madre. —La separó de él con cuidado, dejando sus manos en su cintura.

—Sentía el peligro en ti, ni siquiera tu aroma me tranquilizaba, —negó con la cabeza—, no puedo luchar contra ti.

—Si ha de ser así, mátame por favor, no soportaría vivir sabiendo que te... —No acabó de decirlo ella había empezado a llorar como una descosida—, no llores más.

La envolvió en sus brazos y lloró todo lo que necesitaba.

Los dos días siguientes se acostaba tarde solo para no soñar más.

El viernes por la mañana mientras estaba en la habitación del campus con Carlota, alguien paso una nota por debajo de la puerta.

Cogió el papel su compañera. En una esquina ponía para Yem.

—Toma es para ti. —Le dijo dándome el papel doblado en dos.

—La letra parece la de Mijaíl, —desdobló el papel y leyó en voz alta—. A las 14:30 en la sala de esgrima. Un beso Mijaíl. —Le recorrió un escalofrío por la espalda solo en pensar en espadas.

—Tu amor no es muy original con las citas. —Dijo Carlota.

—Le voy a llamar. —Sacó el móvil de la mochila.

—Ahora no puedo hablar cariño. —Le dijo él según descolgaba.

—¿Me has mandado una nota?

—No, luego te llamo. —Colgó.

—¿Qué te ha dicho? —Preguntó curiosa Carlota.

—Él no ha sido. —La miró.

—Entonces ¿Quién querrá verte?

—Lo averiguaré a las dos y media, —respondió—, tenemos clase. —Salieron de la habitación.

A las dos y media del mediodía entró en la sala de esgrima.

Carlota se empeñó en ir con ella.

En la sala no había nadie. No a simple vista.

—Carlota ve a avisar a Mijaíl hazme caso, —le dijo muy seria—. ¡Vamos! —La empujó. Notaba el peligro muy cerca.

Carlota salió deprisa.

Un ruido metálico sonó al final de la sala.

—Hola, princesa. —La voz le resultaba conocida.

—No te ocultes, sal y da la cara. —Dejó su mochila en el suelo.

—No pretendo matarte. —El que hablaba salió a la luz, para su sorpresa era el profesor de esgrima.

Miró a su alrededor y buscó una espada para defenderse. En la mirada de ese hombre había ganas de lucha y de hacerla mucho daño. Eso pensaba él.

Cogió una de las espadas que estaba expuesta en la pared. La adrenalina empezó a correr por sus venas, eso en ella se podía considerar como una droga, la lucha la gustaba y los retos más, sobre todo si en él va su vida.

Su adversario no se hizo esperar y atacó con una fuerte estocada.

La esquivó haciéndose a un lado. Cogió la espada con las dos manos y se puso en posición de lucha. Aquel hombre volvió al ataque dando fuertes mandobles contra su espada. Le retuvo como pudo y le empujó con la empuñadura. Se acercó al centro de la sala, si ese hombre quería hacerle daño se las vería con la lucha de Gea.

—Es inútil princesa, la lucha de Gea me ha sido enseñada. —Se puso en la posición de ataque.

—Demuéstralo, no todos tienen el poder de hacerla certera. —Sonrió.

—Así sea.

Empezó a trazar el círculo en el suelo. Esperó a que empezara a trazar el tercero.

Respiró hondo y puso su espada en el suelo, con más rapidez que él trazó los círculos que le daban la energía y la fuerza necesaria. Su adversario gritó lanzándose contra ella. Terminó la tercera vuelta y se paró en seco. Volteó la espada por encima de su cabeza y alrededor de su cuerpo, paró la estocada de su enemigo con los ojos cerrados. Para su sorpresa no partió ninguna espada. El profesor tiró ésta y salió corriendo al oír las voces de Mijaíl y Carlota.

Ellos entraron a la sala corriendo y la encontraron en posición de ataque, la punta de su espada estaba aún caliente.

—Yem, soy yo. —Mijaíl estaba detrás de ella.

—Ha huido, el muy cobarde. —Le dijó en un susurro apoyando la espada en el suelo.

—¿Estás bien Yem? —Preguntó Carlota sin comprender lo que pasaba.

—Sí, —se volvió—, no ha ocurrido nada, al final no había nadie. —Mintió.

Mijaíl puso la espada en su lugar dándose cuenta de que estaba caliente. La miró arqueando una ceja. Sabía que mentía, había luchado contra de alguien.

Un rato después en el apartamento. Él empezó hacerle preguntas.

—¿Quién era? —La miraba serio.

—El profesor de esgrima, sabía la lucha de Gea.

—No deberías haber ido a la sala, —la cogió de las manos, la temblaban.

—Sentí las ganas de luchar, estaba a tope de adrenalina. —Sonrió.

—Pues la próxima vez respira hondo y relájate hasta que llegue yo.

—No quería matarme, solo herirme, —se encogió de hombros—. ¿Por qué tantas molestias? Con un tiro les sería más fácil.

—No hables así, estás tonta. —Le soltó las manos.

—Mijaíl, estoy hasta las narices de todo esto. —Le miró.

—¿Tú sola? —Sonrió.

Los días se aproximaban. Se hacía notar en su temperamento algo irritable.

Mijaíl estaba más protector de lo normal.

A pesar de sus quejas era amable y comprensivo.

El día 19 por la mañana, en el descanso entre clase y clase, Mijaíl se acercó a ella para decirle que tenía una reunión con los profesores y el Decano.

Ese medio día comió con Carlota.

Después se fueron a comprar regalos de Navidad. Ella se iría esa tarde a París, volvería después de Reyes.

Compró los regalos a sus padres y sus suegros. Si la suerte estaba de su parte esta vez lo celebraría.

Vio una camisa de algodón en color negro, la gustó mucho y se la compró a Mijaíl, también unas muñequeras de cuero, dos cintas de cuero negro para su pelo y el perfume que le gustaba a él. Aunque para ella no le hacía falta. Su aroma era más que suficiente.

Después de escoger algunos dulces navideños, Carlota y ella volvieron al campus. Allí ella cogió sus maletas y la llevó al aeropuerto.

Pensaba que al llegar a casa él ya habría llegado. Pero no era así, eran cerca de las seis de la tarde. Le llamó al móvil. Le resultó extraño, lo tenía apagado, él nunca lo apagaba. Llamó a la universidad y en información le dijeron que la reunión había acabado a las cuatro de la tarde.

No lo pensó y se fue al campus.

Entró en el edificio de las habitaciones de los profesores, algunos la miraron sorprendidos. Pasó a la habitación de Mijaíl.

Estaba revuelta, como si hubiese habido lucha, levantó una silla y vio encima de la mesa su móvil. Lo pusó operativo, en esos momentos el teléfono vibró.

—Una video llamada.

Su sorpresa fue catatónica cuando apareció Helora.

—Hola princesa, mira lo que tengo, —la imagen se alejó y apareció con Mijaíl—, cariño dile hola, —él estaba abrazado a ella—, hola, —dijo con voz normal. Volvió a acercarse la imagen de Helora—, si quieres a tu marido entero, ven a buscarle.

La llamada había terminado. Sentía que el corazón le iba a explotar. Tenía un miedo irreversible. Mijaíl estaba en sus manos y la miraba como si no fuese su enemiga.

Cogió el móvil y salió de allí. Dejó los pensamientos de infidelidad y traición a un lado.

¿Dónde podría estar? En Inverness sería lo más lógico. Pero en la nota que encontró en casa de Diana, mencionaba Durness y la Isla de Mailand. Miró el mapa en su casa. El camino más corto era ir a Inverness y desde allí ya vería la manera de llegar a Durness.

Metió en un bolso de viaje ropa suya y de Mijaíl. Seguramente la iba necesitar.

Una hora más tarde estaba en el aeropuerto. Compró un billete para Inverness, el vuelo saldría a las nueve de la noche, faltaba una hora. Facturó la bolsa de viaje y esperó que anunciaran el vuelo.

En Inverness, aterrizaba en esos momentos el avión en el que iban Helora, Mijaíl y el profesor de esgrima George. Él no recordaba porque estaba allí.

—Yem ¿Qué hacemos en Inverness?. —Preguntó Mijaíl

—Cariño debemos ir a destruir a Helora. —Le dijo esta.

—Sí, antes de que rompa el manuscrito. —Sonrió y besó a la que creía su mujer.

—Te quiero. —Rio.

—Y yo. —Volvió a besarla.

Helora le había dado a beber una poción en la universidad. Cuando le apresaron sorprendiéndole en la habitación de campus, les costó bastante retenerle. Cuando por fin le vencieron entre varios, ella le dio la pózima. En pocos minutos hizo el efecto deseado por Helora, él la vería como a Yem, hasta que esta muriera y su fecto pasaría dejándole ver lo que había echo con su espada. Si todo salía bien él mataría a Yem.

En el mismo aeropuerto alquilaron una avioneta para ir a Durness, después cogerían un barco hasta la Isla de Mailand.

Allí seduciría sin ningún problema a Mijaíl, ya que éste la veía como a su mujer. Así él amanecería con ella, le engendraría un hijo y Yem moriría para siempre a manos de su príncipe.

Yem aterrizó en Invernes a las once de la noche.

No contaba con la sorpresa que la había reservado Helora. En el aeropuerto la esperaba George.

—Has llegado justo a tiempo, en el momento adecuado. —Dijo acercándose a ella.

—Si tú lo dices. —Miró a su alrededor buscando a Mijaíl, con su altura no pasaría inadvertido.

—No está aquí, vuela junto a Helora hacia Durness, —la cogió con fuerza del brazo—, ahora si quieres vivo a tu maridito tendrás que recoger tu equipaje y seguirme, princesa.

Esas últimas palabras las dijo muy cerca de su oído.

No le importó en absoluto que aquel desgraciado la tocara, era un problema menor. Estaba allí solo para retenerla. Si se pensaba el muy tonto, que solo sabía defenderse con una espada lo llevaba muy negro.

Yem sabía también que si no le hacía caso, Mijaíl podría sufrir las consecuencias.

Recogió su bolso y saliron del aeropuerto.

—Iremos a un hotel donde pasaremos la noche tú y yo. —Dijo George riendo.

—¿Él violarme también entre en el trato con Helora? —Le preguntó un tanto tranquila.

—No. No será una violación accederás por el bien de tu esposo. —Abrió la puerta de un taxi y la hizo entrar.

Se separó de él lo que pudo en el asiento del coche. El hotel no estaba lejos del aeropuerto. Se fijó en las calles que pasában para luego volver.

Entraron en el hotel y se registraron como el matrimonio Nájera. Irónico verdad, en el hotel había varias armaduras de época y alguna que otra espada colgada de las paredes del recibidor, en éste había varias mesas de mármol e hierro forjado, miró las espadas.

—Vamos amor, —le dijo George cogiéndola del brazo de nuevo—, no creo que ninguna de esas espadas te sirva de algo.

—No me hace falta una espada para acabar con un hombre como tú. —Sonrió.

—No te pongas en evidencia querida. —La guió escaleras arriba, la habitación estaba al fondo del pasillo.

Abrió la puerta y la empujó al interior. Cayó al suelo. Se iba a levantar pero no le dio tiempo, recibió una patada en la boca del estómago.

Encogida de dolor en el suelo, se dio cuenta de que iba a ser más duro de lo que esperaba.

—Esto es solo para entrar en calor, princesa.

—Ya. —No podía hablar, tenía un fuerte dolor y ganas de vomitar.

Se levanto apoyándose en la pared. Tenía la respiración cortada. Intentó relajarse para no hiperventilar.

George se acercó a ella. La llevó hasta la cama, volvió a empujarla y cayó encima de esta. El estómago le dolía mucho. Quiso empujarle, pero la cogió las manos con una mano suya.

—Vaya eres vigorosa, así me gusta, —rio—, estás agotada princesa, así es que será mejor que empecemos cuanto antes a cansarte mucho más y lentamente. —Se sentó en su vientre.

—No puedo... respirar. —Le dijo casi sin voz.

—Pobre, —se levantó un poco—, para lo que vas hacer necesitaras respirar de vez en cuando. —Rio.

Se tumbó encima de ella y empezó a besarla por el cuello. Sus mano libre le tocaba el pecho, aquello se estaba pasando de largo, era demasiado para su aguante.

Dejó de forcejear, tan solo para que se confiara, unos segundos la bastaban para poder reaccionar.

—Parece que vas a ceder al fin. —La besaba por el pecho.

—Lo prefiero a morir. —Le dijo con el estómago revuelto por el asco y el dolor.

—Bien, ahora tú me darás placer y yo lo haré después. —Se levantó de encima suyo.

No tenía que haber hecho eso.

Se levanto de la cama y empezó a tirarle cosas, tan deprisa que no le daba tiempo a esquivarlas, el florero, las frutas, la cesta, volcó la mesa, le lanzó un jarrón, éste hizo blanco en su hombro. Un trozo se le quedó clavado.

—Maldita bruja, te mataré yo mismo. —Gritó quitándose el trozo de jarrón, saltando un chorro de sangre.

Cogió su bolsa que se había quedado cerca de la puerta y salió corriendo, George la seguía a pocos pasos. El dolor de estómago la impedía correr más deprisa.

Bajó las escaleras corriendo y salió del hotel, uno de los botones del hotel corrió detrás de ella.

—¿Está bien señora? —Gritó.

—Mi marido pagará la cuenta.

Siguió corriendo calle arriba. Se escondió en un portal y miró hacia el hotel. La policía llegaba en ese momento. Seguramente habían oído el jaleo de la pelea entre ellos.

Tenía que salir de Inverness lo antes posible. Salió del portal cuando los policías entraron en el hotel.

Corrió por una de las calles, vio como una pareja salía de un taxi, dejando libre este para ella.

Pidió al taxista que la llevara al aeropuerto. Allí podría alquilar una avioneta y llegar a Durness.

Todo se torcía, el mal tiempo y la nieve no permitían despegar a ningún avión.

Optó por alquilar un coche, si conducía toda la noche podría llegar a Durnes al amanecer.

La policía entró en el aeropuerto cuando ella salía con un coche, había alquilado el que quedaba.

Cuando salió de Inverness. Paró en una gasolinera y compró un mapa. Después de llenar de gasolina el depósito del coche, aparcó a un lado. Se trazó un camino.

No conocía las tierras altas de Escocia, si se metía en las carreteras comarcales seguro que se perdería, era mejor seguir la carretera principal. Señaló en el mapa, DINGWUALL, HELMSDALE, WICK y por ultimo THURSO. Allí podría coger un barco hasta la ISLA de MAINLAND.

El camino no iba a ser fácil ya que la nieve la impedía correr más de lo que podía la chatarra patatera que había alquilado.

Lleguó a duras penas a HELMSDALE. Buscó un motel donde poder dormir. Tenía que descansar y comer algo, si su pobre estómago se lo permitía.

Encontró una especie de motel cerca del pueblo. La hospitalidad escocesa se hizo presente, la camarera del motel a pesar de lo tarde que era la llevó a la habitación un tazón de caldo caliente, fue lo único que pidió además de agua.

El caldo le cayó fenomenal. Después de ducharse puso la alarma en el móvil a las seis de la mañana.

Cayó en la cama durmiéndose casi al momento.

Empezó a soñar.

<<Se encontraba en una habitación, la reconoció enseguida, era la habitación de sus padres. Estaba en su castillo, en GEA. En la cama había una mujer, estaba rodeada de otras dos su abuela y otra que no reconoció. Se acercó a la cama y se vio en ella. La mujer que no conocía estaba entre sus piernas. Miró y vio que no era ella, era su madre y la estaba pariendo. ¡Dios mío!. Se apartó hacia un lado y se recostó en una

de las columnas, de repente oyó llorar a un niño. Volvío a acercarse y vio como aquella mujer, la partera le daba de beber algo a su madre y la hablaba al oído.

—Maldita sea tu estirpe, tu hija correrá la misma suerte. Y yo habré vengado a mi esposo FRHAGMAN.

Mientras su abuela la lavaba y la envolvía en una manta, la partera acababa con la vida de su madre. El líquido que la dio a beber la hizo dormir y desangrarse>>

Se despertó con el sonido del móvil. Miró a su alrededor, estaba asustada. Su madre fue asesinada y ella maldecida.

—Esa es la pieza del puzle que no encajaba. —Se dijo así misma.

Se dio cuenta de lo sola que estaba, nerviosa y asustada, necesitaba a Mijaíl y su aroma para tranquilizarme. Tenía que ser fuerte estában a 20 de diciembre y quedaban solo 12 horas para acabar con todo aquello. Respiró hondo y se vistió con manos temblorosas.

A las seis y media de la mañana entraba en el coche, había niebla pero se podía conducir. Continuó el camino hacia WICK y THURSO.

Entre el mal tiempo, la patata del coche y las dos paradas para comer algo y echar gasolina, llegó a THURSO a la 11 de la mañana.

Una vez allí, aparcó el coche en el puerto. Preguntó si había algún barco que pudiera llevarla hasta la ISLA de MAINLAND.

Había uno pero acababa de salir a las diez y media. El barco tenía que volver por la tarde. Volvería a partir a las ocho de la tarde.

Pregunto si algún particular la podría llevar. Pero con el mal tiempo, no se querían exponer.

CAPÍTULO 11

Le tocaba esperar, compró el pasaje para MAINLAND. Se armó de paciencia y fue a desayunar. Decidió después dar vueltas por el pueblo.

A las dos se compró un bocadillo de algo parecido al lomo embuchado, una botella de agua y volvió al coche. Empezaba a hacer frío. Se había puesto los pantalones de piel y el jersey más grueso que tenía encima de una camiseta. Pero se había olvidado de los guantes, tenía las manos heladas. Se puso la cazadora de Mijaíl y después de terminar el bocadillo, escribió el sueño en su diario.

Lo recordaba tan nítidamente, era como si lo estuviese viviendo de nuevo. Cuando acabó lo guardó en la bolsa de viaje y se recostó en el asiento.

Se quedó dormida cuando anochecía.

Mientras tanto en la Isla de Mailand.

—¿De dónde has sacado estas espadas? —Preguntaba Mijaíl a la que creía su esposa.

—Cariño no lo recuerdas... Helora, logró encontrar donde estaba situada Gea en el fondo del mar. No fue muy difícil encontrarlas ya que se quedaron escondidas en la montaña. Los buceadores las buscaron y en dos día las encontraron. —Le explicó esta.

—Es increíble, estan casi perfectas —Levantó la suya y despues la de Yem.

—Mira, esta es la de mi padre —Le decía Helora.

—Pero su escudo no es el de Gea —Observó Mijaíl.

—Mi amor eso no tiene importancia, es la de el rey Almhar te lo aseguro —Sonrió.

—No lo dudo eres su hija, quien mejor puede saberlo. —La abrazó.

—Con ella tienes que atraversale el corazón a Helora, con la mía le cortaré la cabeza y todo acabará.

—Ya queda poco, princesa. —Sonrió besando con pasión a Helora.

La sirena de un barco despertó a Yem sobresaltada. Miró el reloj eran las siete y cincuenta. Cogió la bolsa cerró el coche y salió corriendo hacia el muelle. El barco estaba a punto de zarpar cuando llegó.

En el puerto había dos o tres barcos más de los que había por la mañana. En el que ella iba no era muy grande. Contó doce pasajeros más ella. El barco la recordaba al que cogió una vez con sus padres cuando fueron a Marruecos. Pero esta vez no gozaría de los delfines.

El mal tiempo hizo que el barco se moviera demasiado, haciéndo que casi de vomitara lo poco que había comido. Se sentó en cubierta algo mareada.

Llegaron a las diez y media de la noche a MAINLAND.

En tierra firme el estómago se le asentó un poco. Aunque le dolía, la patada de George la había dejado marca, tenía un gran moratón.

Preguntó en el pequeño puerto si en la isla había algún castillo en ruinas o algo parecido. La indicaron que a las afueras de la aldea, a unos tres kilómetros, había una torre y parte de un castillo pequeño. Éste se había utilizado para esconderse los ingleses que desertaban. Seguió el camino que la habían indicado.

Llegó a un pequeño sendero. Sacó la linterna y alumbró el camino, había nieve, pero pudo distinguir las huellas de una rueda. Se agachó para comprobarlo, el neumático era estrecho y solo había una marca, sin duda se trataba de una moto.

Siguió el camino deprisa. El aire y la nieve azotaban su cuerpo haciendo lenta marcha, pero el último kilómetro lo hizo corriendo casi todo el tiempo. A pesar de la carrera estaba helada de frío.

Por fin llegó hasta las ruinas del pequeño castillo. La torre no era muy alta, como unos cinco pisos de altura.

Se acercó a la torre y sintió el peligro a su espalda.

Se volvió deprisa y la luz de su linterna destelló contra la hoja de una espada.

—Ahora no tienes nada que lanzarme. —Le dijo George.

—Algo encontraré. —Le miró.

—Entra en la torre, —a gritó—, vamos. —Su impaciencia se notaba de lejos.

George había llegdo apenas una hora antes que ella. Él fue al aeropuerto de Inverness y esperó una hora, la nieve dejó de caer y pudo alquilar una avioneta. Después pagó bien a uno de los que tenían barcos pequeños en la Isla de Mailand.

Yem entró en la torre. Había antorchas ardiendo por las paredes.

—Coge una antorcha y empieza a subir por las escaleras. —Le dio con la punta de la espada.

Se quedó mirando la empuñadura de la espada y la reconoció, era la espada de su padre.

—¿Por qué llevas esa espada? —Le dijo subiendo las escaleras.

—Calla y sube, —volvió a pincharla con la punta de la espada—, espera un momento, quítate la cazadora y dámela despacio.

—No llevo armas, de lo contrario te habría matado, aunque lo haré igual.

—¿Me estas amenazando, princesita? —Rio.

Aprovechó el momento en el que reía, se quitó la cazadora y con un rápido movimiento le dio con ella en la cara. Trastabillo hacia atrás. Se acercó a él y le quitó la espada. Al hacerlo se hice daño con las piedras en la mano derecha, la sangraban los nudillos y la escocían. Pero faltaba algo más de media hora para la media noche.

Subió corriendo las escaleras de tres entres peldaños. Sentía el peligro cada vez más cerca. Llegó hasta una puerta, su respiración era agitada por el esfuerzo.

Abrió la puerta despacio, aunque sabía lo que se iba a encontrar, la precaución no estaba de menos.

La estancia estaba iluminada por muchas velas en los candelabros. Oí las voces de Helora y de Mijaíl. Avanzó por la habitación, en la mitad de esta había unos cortinones de terciopelo rojos, descorrió uno de forma rápida.

Se quedó desolada con lo que veían sus ojos.

Mijaíl estaba encima de Helora, entre sus piernas con los pantalones de cuero desabrochados, bebían como en su sueño. La adrenalina empezó a recorrer sus venas.

—¡Tú zorra!. —Gritó—, suelta a mi marido.

La pareja se quedó mirándola y rieron a la vez.

—Has tardado, —dijo Helora—, cariño debemos matarla antes de la media noche o moriré para siempre.

—Morirá ella antes. —Añadió Mijaíl saltando de la cama.

No se molestó en abrocharse los pantalones, se puso ante ella pavoneándose de su hombría.

La dieron ganas de darle una patada en aquella abultada parte de su anatomía.

Él se fijó donde ella le miraba.

—Esto solo es para mí princesa. —Sonrío y cogió su espada.

—No lo parecía. —Se puse en posición de ataque.

—Bruja creída. —Dijo atacándola.

Logró esquivarle por los pelos. Retrocedió varios pasos. Mijaíl no se hizo esperar y la emprendió a golpes contra ella, manejaba mejor la espada. La acorralo contra la pared.

—Mijaíl, soy Yem. —Le dijo.

—Defiéndete bruja asquerosa. —Retrocedió un par de pasos.

—La lucha de Gea acabará con ella. —Gritó Helora.

—Si, yo le atravieso el corazón y tú le cortas la cabeza. —Dijo él.

Logró escabullirse detrás de la mesa. En esos momentos entró con otra espada George.

Éste se lanzó al ataque contra Yem. Se subió a la mesa ignorando a Mijaíl cogió la espada con las dos manos y giró con ella, la subió uno poco y la giró de nuevo. La espada de George salió despedida. Éste cayó al suelo sujetándose el brazo. Miró en dirección a la espada, a su empuñadura esta agarrada la mano que ella le había cortado.

Mijaíl rió ante aquella visión y la miró con ganas de matarla.

Saltó de la mesa esquivando una de las estocadas de Mijaíl. Ella le empujó con la mano libre, así luchando con su marido, el cual no dejaba de atacarla, Yem en uno de sus movimientos pasó la punta de la espada por cierta parte de su anatomía. Mijaíl ofendido, la cogió del brazó, bajando con el otro su espada. Yem sofocada se empinó y le beso en los labios, él soltó su brazo para darle un ligero pero firme toque con los dedos en la mejilla. Yem retrocedió unos pasos, ambos estaban cansados.

La sorprendió verle apoyar la punta de la espada en el suelo, iba a iniciar la lucha de Gea.

Hizo lo mismo. Trazaron los tres círculos en el suelo al mismo tiempo. Se paró en secó con los ojos cerrados. Se agachó, esquivó la estocada de Mijaíl, levantó su espada y rompió la de él, hiriéndole en el brazo. Cayó al suelo con lo que le quedaba de su espada en la mano.

Se acercó a él y se agachó a su lado.

—¡Yem!. —Exclamó parpadeando.

—Sí, soy yo. —Sintió el peligro de nuevo.

Ayudó a levantarse a Mijaíl. Las velas se apagaron solo una iluminaba la estancia, pudo ver a Helora quitar la mano de la empuñadura de la espada de George.

—Está visto que tendré que matarte yo misma. —Gritó lanzándose contra Yem.

Un subidón de adrenalina recorrió sus venas. Las ganas de luchar volvieron y atacó a Heora con todas sus fuerzas. Ella daba fuertes mandobles y estaba fresca, Yem cansada se la quitó de encima con un empujón.

Helora acometió en contra de Mijaíl. Yem se puso delante de él. Éste estaba como mareado, el dolor producido por el corte, le había despertado y la droga dejó de hacer efecto, pero aún estaba un poco grogui y desorientado.

—No le tocaras, antes tendrás que matarme a mí. —Le amenazó.

—Esas palabras me suenan. —Rio y volvió a atacarle.

Logró desviar su estocada. Atacó dando fuertes y seguidos golpes a su espada. Estaba decidida a quitarle la vida.

—Acabaré contigo, como hice en el pasado. —Puso la espada en el suelo.

—Mijaíl a mi espalda. —Le gritó viendo como él se levantaba.

Mijaíl no soltó lo que le quedaba de espada y empezaron a trazar los tres círculos en el suelo, al igual que Helora. A lo lejos empezaron a tocar las campanas de la iglesia de la aldea.

Las doce campanadas marcaban el final del día y el principio de otro.

Ellos se pararon en secó. Todo pasó deprisa. Mijaíl se puso a su lado en el momento en que Helora soltaba su estocada. Se agachó levantó el brazo y atravesó el pecho de Helora con su media espada. Mijaíl soltó su espada levantándose para no caer al suelo.

Yem giró su espada con los ojos cerrados haciendo que Mijaíl bajara su cabeza y asestó el golpe mortal con los ojos abiertos, cortando la cabeza de Helora.

Se quedó con la punta de la espada pegada al suelo. Su respiración se aceleró y empezó a temblar.

No podía soltar la espada, tenía las manos entumecidas, le dolían, sentía frío y estaba muy cansada.

—Todo ha terminado. —Decía Mijaíl delante de ella.

—Estoy muy cansada, tengo mucho frío, —le miró—, te he herido.

—Yem, suelta la espada. —Le hablaba despacio.

—No puedo, tengo las manos entumecidas. —Parpadeó y empezaron a caer lágrimas por su cara.

—Yo te ayudaré.

Puso las manos alrededor de las suyas y sintió su calor. No sabía de donde lo sacaba, no llevaba camisa y en la torre hacía mucho frío. Abrió un poco las manos entre las suyas y la espada cayó al suelo.

El sonido metálico que se oyó al caer la espada la asustó sin saber porque.

—Ya pasó. —Mijaíl la abrazó.

—No aguantaba más. —Se apretó a él respirando su aroma y tranquilizando sus nervios.

—Lo sé, —la besó en la frente—, gracias por venir en mi busaca, sabiendo lo que te esperaba.

—No podía consentir que siguieras creyendo que Helora era yo. —Le miró.

—Lo siento no era yo en esos momentos y solo te veía a ti. —Intentó disculparse.

—Casi lo consigue, —miró el cuerpo de Helora—, si hubieses hecho el amor con ella la habrías dejado embarazada y yo habría muerto para siempre por tu espada.

—¿Eso estaba haciendo? —Miró el cuerpo con asco.

—Sí. —Le miró.

—Yem, no quería, yo creía... no sé como he podido luchar contra ti.

No te disculpes. —Sonrió.

—Te quiero princesa.

Estuvieron besándose durante largo rato.

—Tenemos que salir de aquí, —cogió la mano de George y la puso en la empuñadura de la espada que estaba clavada en el pecho de Helora—, así parecerá un crimen por celos.

—No, hay que provocar un incendio, el cuerpo de Helora debe de ser quemado. —Le dijo Yem.

Mijaíl cogió una de las antorchas y predió fuego a los cortinones de tercipelo y al cuerpo de Helora y de George.

Después salieron de la torre. La luna llena iluminaba todo el cielo.

La nieve había cesado.

Mijaíl había cogido su cazadora que estaba caída en las escaleras.

—Te he traído ropa. —Le dijó sacando una camiseta y un jersey de la bolsa.

—Mujer precavida —Sonrió poniéndose la camiseta.

—Y soñadora. —Sonrió.

—Mientras llegamos al puerto, cuéntame como has llegado hasta aquí.

Le contó todo mientras andaban, utilizando como bastones las dos espadas. La de Yem y la de Mijail del pasado.

En la posada del puerto les dieron una habitación. Se ducharon juntos con agua muy caliente y después se acostaron. Durmiendo ambos entre sus brazos, después de hacer el amor. Esa noche ninguno de los dos tuvo sueños.

No solo por el cansancio o el éxtasis que proporciona el placer. Ya no tenían que buscar como salvar sus vidas, eran libres. El aroma a mar e hirva fresca les inundó a ambos.

A lo lejos las tierras de GHAOLAND y LA ISLA DE GEA, por fin quedaban liberadas y descansarían bajo las gélidas aguas del mar del Norte.

CAPÍTULO 12

Valencia 1 de enero del 2009.

El salón se quedó a oscuras. Su madre salía de la cocina con una tarta entre las manos y 19 velas encendidas.

Acabában de comerse las uvas de las doce campanadas, dando paso al día 1 de enero.

Su madre puso la tarta en la mesa cantando cumpleaños feliz, acompañada por todos los demás.

—Vamos, piensa un deseo y apaga las velas. —Decía su suegro.

Cerró los ojos, por fin cumplía los 19 años. Su deseo fue poder desear muchos más en los años siguientes, sin la preocupación de un futuro, solo vivir un presente y tener como recuerdo un pasado. Deseó vivir feliz con Mijaíl, no luchar nunca más con espadas, tan solo para entrenar con él y enseñarle la lucha de Gea a sus hijos. Haciendo eso rendiría tributo a su padre Almhar y a Yerham padre de Mijaíl.

Apagó las velas y se hizo la luz.

El sonido de los fuegos artificiales les invitó a salir a la calle. La noche estaba estrellada y la gente celebraba el año nuevo.

Estában en la casa que tenían los padres de Mijaíl en la playa, cerca del mar.

Los cohetes iluminaban la noche.

Mijaíl la abrazó.

—Felicidades, princesa.

—Gracias, —le abrazó por el cuello—. ¿Sabes que es el primer cumpleaños al que asistes sin obligación?

—Sí, aunque ahora es más obligado que antes, pero a gusto, —se acercó a su oído—. ¿Qué has deseado?

—Si te lo digo no se cumplirá. —Le miró golosa.

—Sé lo que has deseado, te aseguro que intentaré por todos los medios que se haga realidad. —La apretó contra él.

Se besaron, y como fondo, la luz de mil colores los iluminaba al estallar los cohetes artificiales.

FIN

www.ingramcontent.com/pod-product-compliance
Lightning Source LLC
Chambersburg PA
CBHW020139180626
46810CB00004B/1636